講談社文庫

Cocoon 2

蠱惑の焔

夏原エヰジ

講談社

〈瑠璃〉
主人公。唯一無二の美貌を誇る花魁。
実は鬼退治の組織の頭領。

〈津笠〉
瑠璃の朋輩。黒羽屋の三番人気。

お内儀。どこかから、
鬼退治の依頼を受けてくる。
〈お喜久〉

〈錠吉〉

眉目秀麗な若い衆。瑠璃の髪結いを担当。
鬼退治の際は錫杖で戦う。

〈権三〉

料理番の大男。料亭で板前をしていた。
金剛杵を操る。

〈豊二郎〉

双子の兄。弟とともに若い衆見習い
として働いている。
栄二郎と結界を作る。

〈栄二郎〉

双子の弟。兄より楽天家。
豊二郎と結界を作る。

妖たち

〈白〉
尾が二本に裂けた猫又。
変化が得意。

〈長助〉
大きな頭にほっかむりをした
袖引き小僧。

〈油坊〉
山伏姿の男。
怪火を操る油すまし。
趣味は酒造り。

〈お恋〉
狸の姿をした、
信楽焼の付喪神。

〈露葉〉
こざっぱりとした美女。
山姥。若作り。

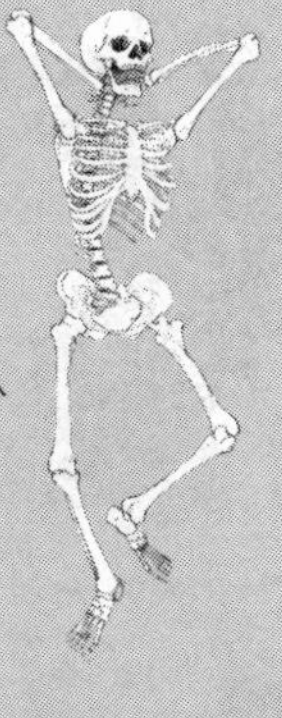

〈がしゃ〉
髑髏。瑠璃に
よ〜く殴られている。

〈炎〉
さび柄の猫で人語を話す。
その正体は、
実は……。

キャラクターイラスト：皐月にく

COCOON 2

蠱惑の焔

flame of fascination

序

「ねえ、知ってる？　死霊はびこる〝祟《たた》り堂《どう》〟の噂」

「聞いたことがあるわ。鎌倉町《かまくらちょう》にあった飾屋よね。そこの亭主は呪いを受けていたんでしょう」

「家人が一斉に首を吊ったとか。亭主一家だけでなく、奉公人《ほうこうにん》まで、皆そろってね」

「呪いのせいで本当に死んでしまうなんて……くわばら、くわばら」

「売り物まで祟られていたんですってね」

「そう。人を殺す、呪いの簪《かんざし》よ。呪われた人が作った品物なんだから、いわくがあって当然よ」

「祟り堂にはね、今でも出るの」

「出るって、幽霊が？」

「幽霊なんて生易《なまやさ》しいものじゃないわ。鬼よ」

「お茶《ちゃ》の水《みず》に鬼が出たんだとよ。瓦版《かわらばん》に載っていた」

「また黒ずくめの五人衆の出番か。一時は鳴りを潜めてたようだが、年が明けてから元どおりになったな」

「それが、退治したのは五人衆じゃないらしいんだ」

「何？　五人衆じゃなけりゃ、一体誰が」

「わからねえ。二人組だと書いてあったが」

「人じゃないという噂もある。顔がな、真っ白なのっぺらぼうなんだと」

「のっぺらぼう……」

「五人衆と同じで、現れたと思ったらふっと消えちまう。ただ、消える時にほんの一瞬、綺麗に着飾った女が現れるんだよ。その女、地面から出てきたように見えるとか」

「面妖《めんよう》な。女も鬼退治をするのか」

「さあ。同じように消えちまうらしいから」

「のっぺらぼうがいた場所には、黒い血だまりが残ってるんだ。五人衆の鬼退治じや、そんなこと今までなかったのにな」

「椿座《つばきざ》の新しい演目、もう見たか？　木挽町《こびきちょう》は大盛況だったぞ」

「だが椿座といやあ、四年前に座元の惣右衛門《そうえもん》と次男の惣右助《そうすけ》がおっ死《ち》んじまっただろ。看板役者が二人も同時にいなくなったってのに、大した人気だな」

「ああ、二人とも突然だった。惣右助なんか随分と若くて、立役《たちやく》としてはこれからだったのに」

「だが長男、惣之丞《そうのじょう》の美貌は侮《あなど》れん。どんな演目をやっても、惣之丞が出れば満員御礼。小屋中の空気をいっぺんに変えて、見てる奴らを阿呆《あほう》にしちまう」

「その辺の小娘なんか、霞《かす》んで見えるようになるもんな。役ごとに声も仕草もまるっきり変えて、ありゃ天才だよ」

「なら、椿座の惣之丞と黒羽屋《くろばや》の瑠璃花魁《るりおいらん》、どっちの方が綺麗だと思う」

「天下の女形《おやま》に、天下の花魁か。そりゃ甲乙つけがたい」

「瑠璃花魁は昨年の暮れまで長いこと休んでいたが、病だったのか？」

「元から体が弱いらしいから、風邪っぴきになったのをきっかけに出養生《でようじょう》してたんだと。今は完全に復帰しているぜ。同じ黒羽屋の津笠《つかさ》は、病に罹《かか》ってそのまま死んじまったけどな……」

「いい女だったのに惜しいことだ。花魁ではなかったが、愛された遊女だった。津笠がいなけりゃ吉原《よしわら》にはもう行かないと泣く男もいたとか」

「そういや今、吉原は花魁の足抜け騒ぎで大変らしいぞ」

「ああ、そうだ。あの名高い〝四君子《しくんし》〟の一人が足抜けしたとあって、見世《みせ》の追手が血眼になって探してるんだとよ」

一

花冷えの緩やかな風が、若木の香りを漂わせる。空は白み始めて鳥たちが目覚め、辺りに朝の訪れを告げる。

ひんやりと清々しい空気が満ちる中、今戸《いまど》にある小さな古寺、慈鏡寺《じきょうじ》の墓地に一人の女が佇《たたず》んでいた。

紫の御高祖《おこそ》頭巾を被り、遠ざかっていく者たちの与太《よた》話を耳にしながら、女は物思いにふけるように墓を見つめる。「誠慈《せいじ》院津笠信女《いんつかさのしんによ》」と彫られた墓には、新しい花が手向《たむ》けられていた。

「おや、こんな朝早くに誰かと思えば。べっぴんさんが来ると知っていたら、もっと早起きしたというに」

後ろから話しかけられて、女はくるりと振り向いた。頭巾で囲まれた小さな顔は朝露のごとく艶《つや》めき、涼やかな瞳と長い睫毛《まつげ》に日の光が反射する。

「朝は弱いんじゃなかったかのう？　瑠璃花魁や」

「安徳《あんとく》さま」

潤った唇がにっこりと笑みを浮かべた。

「見世を抜けてうろうろしていたら叱られてしまうじゃろうに。困った花魁だ」

安徳は何本か抜けた前歯の隙間から、ふぉっふぉっ、と笑い声を発する。瑠璃よりもずっと背が低いこの老人は、慈鏡寺の住職であった。

「気まぐれに出かけたくなっただけですよ。それにしてもこの辺は静かで落ち着いてるのがいいのに、ぴいちくぱあちく、噂好きの雀《すずめ》がいるんですね」

瑠璃はやれやれと首を振っている。

「近くの商家で働いておる者たちじゃろ。いつも朝から元気で、微笑ましいモンじゃわい」

二人はしばし無言になって、小さな墓石を見つめた。

「綺麗にしていただいているようで、改めて感謝します」

「なんの。檀家《だんか》さんよりも熱心に寄進してもろうて、礼を言うのは儂《わし》の方じゃ。きっと津笠どのも、季節の花をいつも見ることができて喜んでおろうよ」

新しい花を見て、安徳は穏やかに微笑んでいる。しかし瑠璃は、墓からわずかに視線を落とした。

「いえ、わっちにできることは、今となってはこれくらいしかありませんから」

風に吹かれた木々がさらさらと音を奏でる。揺れる頭巾の端を、瑠璃はそっと押さえた。

「安徳さま。丸旗屋《まるはたや》は、先月とうとう潰れたそうです」

安徳は瑠璃の隣へ歩を進め、墓に手をあわせた。

「そうか。佐一郎《さいちろう》は丸旗屋のひとり息子、跡目がいなくなれば店を畳むのも致し方なかろう。花魁や、お前さんが悔いることではないぞ」

瑠璃は返事をする代わりに、静かに目を閉じた。

最高級遊女、花魁の職は表向き。瑠璃のもう一つの顔は鬼退治の暗躍組織、「黒雲《こくうん》」の頭領である。

圧倒的な呪いの力で人命を脅かす鬼。それを退ける黒雲は市井《しせい》にとっての英雄だ。黒雲の構成員である四人の男衆が援護し、瑠璃が所持する妖刀「飛雷《ひらい》」で鬼を斬る。吉原での務めと黒雲での任務、どちらも無難にこなす生活が続く、はずだった。

昨年の葉月、恒例の白無垢道中で、瑠璃は鬼になってしまった朋輩、津笠を退治した。津笠は遊女の中で孤立した瑠璃に、根気強く寄り添ってくれた女であった。心身を極限まで使い果たした瑠璃は三月もの間眠り続け、そして目覚めてから、己が持つ力の秘密を知った。

瑠璃の正体は人智の及ばぬ力を持つ龍神、蒼流《そうりゅう》の宿世《しゅくせ》。さらに心の臓には飛雷という、別の龍神が憑《つ》いていた。飛雷という名はそもそも龍神の名だったのだ。

古《いにしえ》から存在した「廻炎《かいえん》」「蒼流」「飛雷」の三龍神のうち、飛雷は凶悪な力で破壊を繰り返す邪龍であった。三龍神は互いに争い、戦いに敗れた廻炎は猫の死体に魂を移すことになる。その後、廻炎の知恵を授かった一人の男が蒼流とともに戦い、疲弊《ひへい》した飛雷を刀に封印した。蒼流は、戦いの中で消滅してしまった。

長い時を経て、男の一族に蒼流の魂を宿した赤子が誕生。それが瑠璃だ。したがって飛雷を封印した男は瑠璃の遠い祖先に当たる。瑠璃の生まれ故郷で、飛雷の封印は代々守られてきたのだった——だが瑠璃が五歳の時、なぜか飛雷は、刀と瑠璃の体内とに二分された。

己が何者であるかを知らされた瑠璃はしかし、飛雷がいかにして自分の心の臓にも棲《す》むようになったかを思い出せなかった。一族のその後もわからない。津笠を手にかけた後悔も重なってひどく心を病み、鬼退治は金輪際《こんりんざい》できないと弱音を吐くほど憔悴《しょうすい》した。もし黒雲の仲間の甲斐甲斐しい支えがなくば、立ち直ることは到底できなかったであろう。

安徳は、頭巾に隠れた横顔に向かって話しかける。

「お前さんは変わらん。わがままで頑固なくせに、繊細で、情に厚い。だから人は引き寄せられる。そういう不思議な魅力はあやつに……惣の字にそっくりじゃな」

安徳と瑠璃の育ての父、惣右衛門は旧知の仲であった。

「悪口がまざってた気がするんですけど」

瑠璃がむっとした様子で安徳に顔を向ける。片や安徳は楽しげな笑い声を上げた。

瑠璃は五歳の時、大川をひとり漂流し、瀕死の状態にあった。それを拾い上げてくれたのが「椿座」の座元、惣右衛門である。

この時すでに、瑠璃はそれまでの記憶を失くしていた。身寄りがなく、子どもらしい活気も生気すらも欠けていた瑠璃を、惣右衛門は自ら育てることにした。初めこそ言葉を発さず警戒心をあらわにしていた瑠璃だったが、惣右衛門はまったく意に介さなかった。

惣右衛門は豪快な男であった。瑠璃がどこから来たかも思い出せない状態とわかるや、出自など些末なことだと言って笑い飛ばし、強引に飯を食わせ、風呂に入れてやった。大好きな酒や料理のうんちく、贔屓《ひいき》にしている岡場所の女の話など、聞いてもいないのに喋々と語り続け、瑠璃が無視をすると頭をむんずとつかんで無理やり頷《うなず》かせる有様だった。身元を証明する術《すべ》を持たず、不安で押しつぶされそうになっていた瑠璃は、惣右衛門の豪放な人柄にやがて心を開き、ようやく「うるさい」と声を発するようになった。

「ふん、あんな図体だけ大人になったような親父とそっくりだなんて心外です。どこの誰とも知らぬわっちを育ててくれたことは感謝してますし、役者としては、まあ」

言いかけて、瑠璃は語尾を濁した。

「尊敬して、なくもないです、けど」

ひとたび舞台に立てば、惣右衛門は普段の様子からは想像もできないほど輝いた。椿座を立ち上げ、江戸で知らぬ者がいないほど有名にした実績は伊達《だて》でない。うっとうしく思うことも多々あったが、立役として名を馳せ、比類なき存在感を放つ養父の姿に、瑠璃は密かに憧れを抱いていた。

「ふぉっふぉ、素直じゃないのう。お前さんは人嫌いのわりに、惣右衛門にだけは懐いておったじゃないか」

あっけらかんと笑う安徳を、軽く睨《にら》む。

「人嫌いだなんてそりゃ誤解ですよ。わっちが嫌ってたんじゃなくて、昔から人に嫌われる質《たち》だったんです」

瑠璃は幼い頃から当たり前のように、妖《あやかし》や幽霊を見ることができた。しかし、見ることができるのは普通ではないということも、幼心に悟っていた。そのため友も作らず、外で遊ぶこともなく、椿座の中だけに引きこもっていた。孤独や退屈を感じたことがなかったのは、惣右衛門の芝居を毎日見ていたからである。

惣右衛門は暇さえあれば演目の内容や情緒、人物の心の機微を瑠璃に話して聞かせた。題材となった物語だけに留まらず、四書五経《ししょごきょう》を初め様々な本を与え、芝居に必要な素養を説いた。惣右衛門にしてみれば自分が好きなものの素晴らしさを伝えたい一心だったろうが、瑠璃は養父の予想を超える吸収力で、あらゆる教養をものにしていった。

知識を得た上で見る舞台は、一味も二味も違っていた。惣右衛門は言葉にせずとも、表情や雰囲気だけで演じる人物の心情を表してみせた。まさに物語の人物その人が目の前にいるかのような錯覚を覚え、瑠璃はますます芝居の世界に没頭していった。

「あやつの芝居はなあ、傑出していたよ」

惣右衛門の舞台を思い返して、安徳は夢見心地の顔になっている。安徳もまた、惣右衛門に傾倒した一人であった。

「いつもはちゃらんぽらんなくせに、なぜか演じる人物の心を隅々まで理解しておって、ほんに不思議な男じゃった」

養父への褒め言葉に、瑠璃は微かに笑む。

「男の儂ですら魅了されるのだから、いわんや女子《おなご》をや、ってな」

安徳はいたずら小僧のような顔をした。

「けど、最期まで後家《ごけ》さんを取りませんでしたね。女手があれば少しは楽できただろうに」

変なの、とつぶやく瑠璃を安徳はじっと見つめた。

「後家さん……そうじゃな、さすればお前さんの運命も、今とは違っていたかもしれんのう」

言わんとする意味に気づき、瑠璃ははたと老和尚を見る。安徳はいかにも心配そうな面持ちをしていた。

惣右衛門には妻がいなかったが、息子が一人いた。それが今では江戸で一番と評される女形、惣之丞である。

惣之丞は、義理の妹となった瑠璃を忌み嫌っているようだった。事あるごとに妹をいじめては、父に叱られる。だが叱れば叱るほど瑠璃に対する嫌がらせは増える一方で、惣右衛門の悩みの種であった。幼い瑠璃も、一体なぜ自分がこれほど嫌われるのかわからなかった。

瑠璃とは五つ歳が離れた惣之丞は、すでに役者として舞台に上がっていた。本物の女よりも艶《あで》やかで色気に満ちた惣之丞の演技は、すべての観客を虜《とりこ》にした。瑠璃は自分に辛く当たる惣之丞を嫌悪していたが、反面、その美しい所作を誰よりも食い入るように見ていた。

瑠璃が十五になった時、惣右衛門が死んだ。あまりに突然だった死は、酒の飲みすぎが祟ったものだった。悲しみに暮れる瑠璃の不意を襲い、惣之丞は妹を気絶させて長持《ながもち》の中へ押しこんだ。

瑠璃が次に目を開けた場所は、吉原の大見世「黒羽屋」の内所。惣之丞は父の死をこれ幸いと、瑠璃を吉原に売ることで厄介払いしたのだ。

「別に、あのことならもう気にしてなんか……」

瑠璃はつんとそっぽを向いてみせた。

「いや、女手があればその父譲りのがさつっぷりも、直っておったかなと思うて」

「はあ？」

般若《はんにゃ》の形相《ぎょうそう》になった瑠璃を見て、安徳はにこにこしている。

「よく考えてみてくださいよ。父のようにがさつな女が、花魁になれると思いますか？」

「またまたぁ、謙遜なんかせんでよい。椿座にいたお前さんなら、がさつな素としとやかな花魁の演じ分けなどたやすいじゃろ」

「あの、さっきからちょこちょこ貶《けな》してますよね」

含みのある目で安徳をねめつけるも、老和尚はどこ吹く風だ。安徳の僧侶らしからぬ言動もまた、昔からだった。

かつて安徳は、惣右衛門に会うため頻繁《ひんぱん》に椿座を訪れていた。二人はやたら馬があうようで、瑠璃はそのたびに客間に酒を運ばされた。僧侶が酒を飲んではいけないと知るのは、随分と後のことである。

津笠の墓を慈鏡寺に託したのは、亡き養父にどこか似ている安徳を信用していたからだ。吉原に売られてからは疎遠になっていたが、安徳は遊女になった瑠璃を長らく案じてくれていた。ただ、惣之丞とのことや吉原での生活など、深くは詮索してこない。それが瑠璃にとってはありがたかった。

「それより、最近の吉原は〝四君子が梅〟花扇花魁《はなおうぎ》の足抜けでまた揺れているそうな」

「どうしてそれを？」

僧侶は大門《おおもん》をくぐることも禁じられている。瑠璃はさらに鋭い眼光で安徳を見た。

四君子とは、気品が高く高潔で君子のようであることから、古くより意匠《いしょう》によく用いられる梅、菊、竹、蘭の四種のことをいう。

大見世である扇屋《おうぎや》、玉屋《たまや》、中見世のなかでも特に格が高い丁字屋《ちょうじや》、松葉屋《まつばや》が抱える四人の花魁は幼い頃から廓《くるわ》で育ち、いずれは吉原を背負う存在になるであろうと期待をかけられていた。そのため、いつしか通人たちによって風情ある植物になぞらえ、四君子の通称で呼ばれるようになった。

扇屋の花扇、玉屋の花紫《はなむらさき》、丁字屋の雛鶴《ひなづる》、松葉屋の瀬川《せがわ》は吉原を代表する名妓として、瑠璃を含めた五人で八朔《はっさく》の白無垢道中を行った面子《メンツ》でもある。

「いやあ、だって瓦版に載っていたし、のう？」

安徳は瑠璃の睨みをやんわりとかわす。

「確か、一月ほど前のことじゃったかな」

瑠璃は人づてに聞いた話を思い返した。

「はい。花扇さんの部屋でお客が死んでるのが見つかったんです。部屋が荒れていたので、間夫《まぶ》との心中をしくじって錯乱した花扇さんが、そのまま逃げ出したんじゃないかと言われてますよ」

「しかし行方はおろか、足抜けの方法もわかっておらんとか。追手を出し抜き続けるなぞ並の苦労じゃなかろうに」

妙に事情通な安徳に、瑠璃は突っこもうとしかけてやめる。椿座にいた頃、安徳と惣右衛門がそろって夜遊びに出かけるのを、幾度となく見ていたからだ。

「まあ、他の見世の内情なんてわっちに知りようがないですし、花扇さんとまともに話したこともないので、それ以上は何とも」

いつの間にか、一匹の天道虫《てんとうむし》が墓石をよじのぼっていた。瑠璃はその小さな輪郭《りんかく》を黙って見つめる。

春風に飛ばされそうになりつつも、天道虫は墓石のてっぺんまで辿り着いた。頂上に留まる姿は、何やら考えごとをしているようにも見える。そのうち思い立ったように赤い翅《はね》を広げ、陽光に向かって飛び立った。

瑠璃も空を見上げ、澄んだ空気を吸いこむ。

「では、わっちはこれで」

「何じゃ、そう急がずともよかろ。せっかくだから本堂においで、茶を淹《い》れよう。お前さんの好きそうな饅頭《まんじゅう》もあるぞ?」

安徳にとって、瑠璃はいつまでも子どものままなようだ。

「いえ、お気持ちだけで。そろそろ戻らないと、無断で外出してるのが遣手《やりて》にばれてしまいますからね」

澄ました顔でそばに置いてあった手桶を持ち、会釈をする。

「そりゃあ残念。じゃあ戻ったら、錠吉《じょうきち》にもよろしく伝えといておくれ」

「安徳さま、錠さんのお師匠だったんでしょう？　それくらい、ご自分で言われたらよろしいかと」

錠吉は、黒雲の仲間の一人である。

かつては慈鏡寺に身を置いていたそうだが、四年前に寺を離れていた。理由は誰も知らない。

「ううむ、そうか。相手が花魁ともなれば、吉原に行くのもやぶさかでないな。衣紋《えもん》坂《ざか》で編み笠を借りねばのう？　ふぉっふぉ」

「……この、生臭坊主め」

瑠璃は呆れたような顔でにやりと笑った。

「お師匠がこんななのに、錠さんはどうしてああも、馬鹿がつくほど真面目になっちまったのやら。安徳さまの性分を少しでも受け継いでいたら、もっと力を抜いて生きられるだろうに」

「それは言うてくれるな。駄目な師を持つ弟子《でし》ほど、しっかりしておるものよ」

年齢のわりにつやつやとした安徳の顔は、どこか寂しそうにも見えた。

「おお、ご覧。春の日差しというのはこんなにも、優しくて暖かい。命が芽吹く恵みの光じゃ。儂の毛も、またいつか芽吹いてくれないものかのう。そうすれば自信を持って吉原に行けるのに」

「えっ、その頭って、お坊さんだからじゃないんですか」

輝く坊主頭をさすりながら言う和尚に、瑠璃は思わず吹き出していた。

徐々に日が高くのぼり、古寺を鮮明に照らしていく。

江戸には目覚めた人々の声や朝餉《あさげ》を作る香りが満ち、爽やかな朝の空気に町々が活気づき始めていた。

誰もいなくなった墓場に一筋の突風が吹く。津笠の墓に手向けられた花が一輪、風に飛ばされ宙を舞った。

やがて地に落ちた花は、通りかかる者たちに次から次へと踏まれていく。

泥にまみれ、散り散りになった花弁は、誰にも気づかれることなくそこにあり続けた。

二

第十代将軍、徳川家治《とくがわいえはる》の治世において、幕府から公認された江戸唯一の遊郭《ゆうかく》である吉原。五丁町《ごちょうまち》を囲むお歯黒どぶの外側は、見渡す限りが田んぼであった。廓の二階からは遠くに小高い待乳山《まっちやま》をのぞむことができる。江戸の風紀を守るためと、吉原は辺《へん》鄙《び》な場所に位置していた。

だがいかに不便であろうと、遊郭には江戸中から男たちが集まってくる。江戸の外からも商人、旅の者、さらには参勤交代の武士までもが、華を求め、鼻息も荒くやってくるのだ。

心地よい春の風が吹き渡り、暖かな光が五丁町を優しく包む。晴天のもとでは不夜城たる吉原も、表情をまったく異にしていた。

衣替えを無事に済ませ、新調した衣裳を見せあう遊女たち。追いかけっこをする禿《かむろ》を、さらに追いかける遣手。野菜を売りにきた行商と値切り交渉をする料理番。いつもと変わらぬ平穏な話し声が、そこかしこで響いていた。

「花魁、入ってもよろしいですか」

「あい、どうぞ」

最高級妓楼、黒羽屋の二階。

三間続きの瑠璃の座敷に、若い衆が一人入ってきた。瑠璃は鏡台の前に座し、化粧を施している。

「錠さん、早かったね」

瑠璃は白粉《おしろい》を塗る手を止め、襖《ふすま》の方を振り向いた。紅を差した赤い唇から、白く並んだ歯がのぞく。

満面の笑みを受けて、錠吉はさっと目をそらした。

「ええ、髪結いが終わったことを伝えてきただけですから。皆じきに来ますよ」

言って、瑠璃から離れた場所に腰を下ろす。視線は窓の外へ向いていた。

錠吉の端正な顔を、瑠璃は鏡越しにちらと見る。錠吉はぴんと背筋を伸ばして手を膝に置き、宙空を見つめて動かない。

「いやあ、今日はいい天気だよねえ。わっち、春ってあんまり好きじゃないんだけど、気持ちのいい風に当たると何だか、心が洗われるような気がするんだ。錠さんはどう？」

「俺は、普通です」

窓からの風を感じるかのように両腕を広げていた瑠璃は、すぐさま真顔になった。

「普通って……そっか、錠さんは夏派かな？」

「いえ、夏は嫌いです」

錠吉は瑠璃の方を向くこともなく答えた。それきり、何も喋らない。

そっけない返答をされた瑠璃は、化粧に集中することにした。しょげたように口をへの字にして、胸元にある刀傷を白粉で隠していく。が、そのうち沈黙に耐えきれなくなり、再び口を開いた。

「そうそう、言い忘れてたんだけどね。こないだ慈鏡寺に行ったんだよ」

錠吉の眉が微かに動いた気がした。しかし視線は、やはり外へと向けられたままだ。

「津笠さんの月命日ですね。いくら頭巾を被ってお顔を隠しても、一人歩きは危険です。次からは一声かけてください」

瑠璃の顔が苦虫を噛んだようになったのも目に留めず、錠吉はおもむろに立ち上がった。

「皆、遅いですね。様子を見てきます」

そう言うと、部屋を出ていってしまった。

瑠璃は閉められた襖に向かって下唇を突き出す。

「くっそ、何でわっちが、毒にも薬にもならねえ天気の話なぞせにゃならんのさ」

瑠璃の背後から、にゃあ、と声が一つ返ってきた。

「錠吉の奴、相変わらずお前の顔を見ようともせんのう。ガラにもない話を健気に振ったというに、嫌われたモンじゃな」

声の主はさび柄の雌猫、炎《えん》だった。炎は奥の間から座敷に歩いてくると、瑠璃に向かってにんまり笑ってみせた。

猫の姿はかりそめのもの。炎の真なる姿は廻炎という、三龍神の一体である。龍神同士の壮絶な戦いに倒れた廻炎は、命だけは瑠璃の祖先に救われたものの、龍神としての力をほとんど失ってしまっていた。

茶化《ちゃか》すような炎の言い草に、瑠璃は目を三角にした。

「ふざけんな、わっちがいつ嫌われるようなことしたってんだ？　そりゃ前から無駄口を叩くような男じゃなかったけどさ……豊《とよ》の反抗期がちったあマシになったと思ったら、今度はまさかの錠さんだなんて」

瑠璃は深々とため息をついた。

津笠との戦いを終え、長い眠りから目覚めた後、錠吉の態度は傍目にもわかるほど変化していた。

明らかに瑠璃を避け、会話も気持ちが入っていない相槌《あいづち》ばかりで暖簾《のれん》に腕押し。最低限の仕事の話だけはきっちりするものの、よそよそしさが際立つばかりだった。原因に心当たりがない瑠璃は日々、気を揉《も》んでいたのである。

「気に食わないことがあるなら面と向かって言えばいいものを、あれじゃここの妓《おんな》たちと大差ないよ。むっつり陰険《いんけん》野郎め」

苛立ちが治まらず、炎に向かってがなり立てる。

「儂にでなく本人に言えばよかろう。面と向かって、な」

「阿呆、言えるかっ。顔が無駄に綺麗なモンだから、腹で何考えてるかわからんし怖《こえ》えんだよっ」

「おいらあん」

廊下の方から呑気な声がして、瑠璃は吊り上がっていた目尻を急いで押さえた。

「あ、炎も起きてたんだ。おはよう、いい天気だねえ」

部屋に入ってきた少年、栄二郎《えいじろう》がにこやかに挨拶《あいさつ》をした。

「うむ。お前さんの天気の話は、ごく自然で合格じゃな」

炎は目だけを瑠璃に向けてにやにやしたままだ。

「どうしたの花魁、こめかみ押さえて。頭痛い？」

「どうせ妖とのどんちゃん騒ぎで二日酔いなんだろ。そんなに酒強くもねえくせに、考えなしに飲むんだから」

心配そうに瑠璃の顔をのぞきこむ栄二郎の後ろから、双子の片割れ、豊二郎《とよじろう》が仏頂面を見せた。

「いいじゃない兄さん。花魁が酔っぱらって赤い顔してるの、おいらは可愛いと思うけどなあ」

豊二郎は、はん、と鼻を鳴らす。

「でっけえ声で管巻いて、衣裳も乱れたまま大の字で寝ちまわなきゃ、そうかもしんねえけどな。客の前じゃないからって女を忘れちまうなんて呆れるぜ。三ツ布団の上まで引きずるの、重いし大変なんだけど」

「お前ら、勝手に人の話で盛り上がるのやめてくれる。おい炎、前言撤回だ。こいつはちっとも成長しちゃいねえ」

「な、何の話だよっ」

豊二郎は茹《ゆ》で蛸《だこ》のように顔を赤くした。

「こら、朝っぱらから騒ぐんじゃない」

襖と同じくらい大柄な男、権三《ごんぞう》が、やってくるなり双子を叱りつけた。

「二人とも、もう少し花魁と若い衆って立場をわきまえろ。いつまでも友だち同士みたいな口利いて、それじゃ一人前になれんぞ」

かぶりを振る権三に、双子はたちまち大人しくなった。

「ははあ、言われてやんの」

懲《こ》りずに口を開きかけた豊二郎の首根っこが、権三の大きな手によってがっしりとつかまれた。

「皆、集まったようだね。ならば早速、始めよう」

黒羽屋のお内儀《かみ》、お喜久《きく》が全員に声をかけた。お喜久の背後からは錠吉が無言で入室し、襖を閉めている。

瑠璃は錠吉の横顔を恨めしげに見つめた。

「お内儀さん、次の依頼はどこですか」

十二畳の座敷に、瑠璃、錠吉、権三、豊二郎と栄二郎の双子が座りこんだ。五人は黒羽屋で働く面々でありながら、黒雲の構成員として鬼退治の任務にも就いている。

「鎌倉町だ。若狭《わかさ》堂《どう》という飾屋があった場所だよ。今は誰も住んじゃいないがね」

お喜久も腰を下ろし、一同は車座になった。お喜久は鬼退治の依頼を外部から受け、任務の指揮を執る役だ。

黒雲のことを承知し、秘密として共有しているのは瑠璃たち五人とお喜久、楼主の幸兵衛《こうべえ》、お勢以《せい》という遣手のみである。

「鎌倉町、飾屋、か……はあ」

お喜久の答えを聞くや、瑠璃は嘆息して半目になっていた。先日耳にした噂話が、見事に現実のものとなってしまったからだ。

「もしかして、祟り堂って言われてるところですか」

おそるおそる尋ねる栄二郎の隣で、兄の豊二郎も顔を強張《こわば》らせている。

鬼退治の経験が浅い兄弟にとって、世間の口にのぼる怪談はいまだに身がまえてしまうものであった。

「ああ、そんな風に呼ばれているようだね。事の発端は、半年ほど前に遡《さかのぼ》る」

半年前、京から錺職人《かざり》の一家が鎌倉町に越してきて、簪や金物を売る飾屋「若狭堂」を開いた。亭主夫婦には幼い娘が一人、他にも十歳に満たない丁稚《でっち》奉公の子が二人いたという。

京ならではの凝った装飾を売りにする若狭堂は、破竹《はちく》の勢いで評判を上げていく。目新しいものが大好きな江戸の女たちはこぞって簪を求め、店を訪れた。

「しかしいつからか、若狭堂に関する不吉な噂が流れるようになった。若狭堂の亭主が鬼に呪われているのでは、という噂だ」

お喜久は淡々と続けた。

「噂は広がるばかりで、終いには亭主が手がけた簪まで呪われているとささやかれていた。簪を買った武家の娘が、転んだ拍子に手にしていた簪で頭を貫いて死んだことで、決定的になったそうだ」

「そんなの、たまたまなんじゃないですか」

豊二郎が強気を装って口を挟む。

「さあね、そこまではわからない。ただ死因が簪だったことは確かだ。若狭堂の亭主は見る見る痩せこけ、一月前に店を畳んだ。二日後、夫婦と娘、丁稚の二人、全員で天井の梁《はり》に首を吊っているのが見つかった」

ひゅっ、と双子が息を吸う音がした。

「若狭堂の者が死んだ後も、近隣の住人が立て続けに首を絞められて殺されている。一昨日の死人を入れたら四人目だ。まだ鬼がいると考えていいだろう」

「祟り堂、ねえ」

瑠璃は欠伸《あくび》を嚙み殺していた。

「若狭堂の一家を呪い殺した鬼が、今も鎌倉町に留まって近所の奴らを殺してるってか。その亭主、そんなに恨まれるようなことを鬼にしたのかね」

「噂によると、亭主は職人気質で寡黙な男だったそうですが、仕事は細かいし客への対応も非常に丁寧だったとか。女房も愛想がよかったと聞いたことがあります」

権三が瑠璃の問いに答えた。若狭堂の簪は吉原でも密かな人気があり、黒羽屋の中にも贔屓にしている遊女がいた。遊女たちから何かと頼りにされている権三は、世間話として若狭堂の評判を聞いたことがあるようだった。

瑠璃は眠そうに目をこする。

「ふうん。ま、客に対しては愛想よくしないとだもんな。じゃあ陰で丁稚をいびってたとか？　鬼に恨まれる奴って大概そんなモンだろ」

「いいえ、夫婦は丁稚の二人を我が子同然に扱ってたみたいで、二人も夫婦を親のように慕っていたらしいですよ」

「はぁん？」

瑠璃がいきなり素《す》っ頓狂《とんきょう》な声を出したので、双子はびくっと肩を揺らした。

「な、何だよ瑠璃」

「いやいや、それじゃ〝ただのいい人〟じゃねえか。そんな奴らが鬼に恨まれてたってのか？」

確かに、と双子は同時に頷いた。

「よく考えてみりゃ、半年もかけてじわじわと精神を追い詰めていくってのも不自然だ」

鬼が生者に邪気を当てて、正常な思考を奪うことはある。怨恨の理由や復讐の方法は鬼によって様々だが、しかし半年という期間は長すぎるように思えた。

「それだけ長く苦しめたいっていう執着だったのか、でも若狭堂の後はあっさり殺してるみたいだし……何かこの依頼、嫌ぁな予感がするんだけど」

どこか腑《ふ》に落ちず、瑠璃は思案げに腕を組んだ。

それを尻目に、お喜久は男四人を見まわす。

「今回はなるたけ早めに動いてほしい。近頃、鬼の出没が急に途絶えることがあるんだ」

「途絶えるって、鬼がいなくなるってことですか」

栄二郎は首を傾げている。

「そうだ。鬼の仕業と思われる人殺しが、ある時ぱったりやんでしまうのさ。まだ情報が少なくてね、正確なことは言えないが」

「瓦版でも話題になっていた、例ののっぺらぼうと関係があるのでしょうか」

沈黙していた錠吉がやっと声を出したので、瑠璃は片眉を上げて錠吉を見た。

年明け頃から、瑠璃たちのあずかり知らぬ鬼退治が行われていたと、瓦版で知ることが度々あった。黒雲とは異なる退魔の者、のっぺらぼう。目撃されたのは二人の場合もあればそれ以上の時もあり、人かどうかすらあやふやだった。

黒雲の鬼退治は瑠璃の妖刀、飛雷ありきであり、飛雷はこの世に一振りしか存在しない。のっぺらぼうがどうやって退治をしているかも定かではなかった。

噂を聞きはしても、瑠璃たちがのっぺらぼうと遭遇したことはない。実在するのかすら、瑠璃にとっては大いに疑問であった。

「のっぺらぼうとやらの実態も見えない以上、鬼が消えるのと関連しているかは不明だ。ただ念のため、頭の片隅には置いておくように」

男たちは神妙に頷いた。瑠璃も疲れた吐息をこぼしながら生返事をする。

「消えるも何も、そもそも鬼の人殺しじゃなかったんじゃねえの。鬼の所業より、人が人を殺すことの方がよっぽど多いんだしさ……」

「それと、瑠璃」

遮《さえぎ》るように言って、お喜久は瑠璃を改まった目つきで見据えた。

「何ですか」

「今年の俄《にわか》に、椿座の面々が出演することになった」

ぼんやりしていた瑠璃の顔つきが一気に変わった。

俄とは、葉月に吉原で催される狂言行列のことを指す。弥生《やよい》の桜、文月《ふみづき》の玉菊灯籠《たまぎくどうろう》に並ぶ、吉原三大行事の一つでもある。引手茶屋《ひきてぢゃや》の主人が歌舞伎《かぶき》の真似事が好きで始めたもので、お囃子《はやし》を引き連れた幇間《たいこもち》や芸者衆が、寸劇や踊りをしながら吉原中を往還する。

二大悪所として暗黙に対立し、公に吉原通いを許されていない芝居小屋の役者も、特別に俄に参加するのだ。洗練された粋っぷりの役者を間近で見ることができる俄は、誰もが心待ちにしている行事だった。

「今後は準備も含め、役者衆が吉原に出入りするようになるだろう。無論、惣之丞もだ」

お喜久の話に男たちは顔を見あわせていた。瑠璃を吉原に売った、張本人の名が飛び出したからである。

椿座にいた頃の生活について語ることを、瑠璃は意図的に避けてきた。彼女が本心で椿座での思い出をどう感じているのかは、誰も知らない。が、自分を売った惣之丞に対し、並ならぬ憎悪を滾《たぎ》らせているのは想像に難くなかった。

「だから何だってんですか。どうでもいいですよ、役者なんて大嫌いですし、わっちにはもう関係のないことですから」

言い放った瑠璃の目は、冷たく据わっていた。

「あのさ、椿座って瑠璃がいたところだろ。惣之丞って……」

たまらず尋ねようとした豊二郎を、瑠璃は無言で睨んだ。圧がこもった眼力にひるみ、豊二郎はたちどころに引き下がる。

瑠璃の機嫌が急激に悪くなったのを感じ、誰もそれ以上は踏みこむことができなかった。

任務の打ち合わせはお開きとなった。男たちは気がかりを感じながらも、各々《おのおの》の仕事に戻っていく。

最後に残った錠吉が、襖に手をかけたまま瑠璃を見つめる。瑠璃は錠吉の視線を感じつつ窓の方へと顔を背《そむ》けた。

しばらくして錠吉は、何も言わずに襖を閉めた。

誰の気配もなくなったのを確認して、瑠璃はさび猫のそばに膝を進め、柔らかな毛並みを撫《な》でた。

「なあ炎、わっちはもう椿座のことを思い出したくないんだ。あのクズの顔がちらつ いちまうから……それなのに、どうして皆忘れさせてくれないんだろう」

炎の背中は日に当たって温かく、天鵞絨《ビロード》のように滑らかだ。

「あのお内儀はどうだか知らんが、皆お前のことが心配なんじゃろ」

耳の後ろを掻《か》いてやると、炎は気持ちよさそうに目を細める。

炎は瑠璃が幼い頃から、ずっとともに暮らしてきた。椿座にいた時も、吉原に売られてからも。

「椿座での思い出は悪いものばかりでなかったはず。それとも何か、惣右衛門のことも忘れたいのか？」

炎に問われ、瑠璃はしかめっ面のまま首を振った。

「そうじゃろ。お前は何だかんだ言って惣右衛門を慕っておったしな。あの男、儂にもよく上等な鰹節《かつおぶし》を分けてくれたわい」

惣右衛門には、炎の話す声が聞こえていないようだった。飼い猫としてまさに猫可愛がりしてくる惣右衛門に、炎も好感を抱いていたらしい。

「瑠璃よ、過去の感情はな、いいものだけ蓄えておけばよい。お前はいつも、悪いものまで抱えたままじゃからの」

瑠璃は反論もしなかった。

炎を撫でながら窓の外へと目をやる。いつからあったのか、灰色の雲が吉原を覆い、日の光を遮ろうとしていた。

三

江戸城を普請《ふしん》する折、鎌倉から運ばれる材木の荷揚げ場とされていたのが、神田《かんだ》の鎌倉河岸《がし》である。隣接する地はこのことから鎌倉町と呼ばれ、桃の節句に売り出される白酒が名物になっていた。

「どうせなら雛祭《ひなまつ》りの時がよかったなあ。土産《みやげ》に酒を買えたのに」

人々が寝静まった丑三《うしみ》つ時、黒の着流しに身を包んだ黒雲の五人は、鎌倉町の通りを歩いていた。

長い艶髪をざっくりと一つに束ねた瑠璃は、泥眼《でいがん》の能面《のうめん》をつけ、帯には妖刀である飛雷を差している。

「どっちにしろ俺たちが動くのは真夜中なんですから、店はどこも閉まってますよ。たまには飲まない日を作った方がいいんじゃないですか？　なあ、錠」

権三は黒く長大な金剛杵《こんごうしょ》を、その後ろを歩く錠吉は黒い錫杖《しゃくじょう》を手にしていた。錠吉は無言で、粛々《しゅくしゅく》と歩を進めている。

「何だかこの辺、やけに静かすぎるね。人の気配ないっていうか、誰も住んでないみたい」

「そりゃ祟り堂のせいだろ。一月の間に五人が首吊って、さらに四人も殺されたんじゃや、逃げ出すのが賢明ってモンだ」

栄二郎と豊二郎は結界を張る黒扇子《くろせんす》を手に、通り沿いの空き家をのぞきこんでいた。傾いた醬油《しょうゆ》屋の暖簾を上げて中をうかがおうとする兄の袖を、栄二郎がきゅっと握る。

「お、おい引っ張るなよ、邪魔だっ」

「だって……」

「こんなとこで喧嘩するな小僧ども。怖いならのぞくなっての」

辺りをきょどきょど見ながら袖を引っ張りあう双子に呆れ、瑠璃は二人の首根っこをつかまえた。

「頭《かしら》、あすこ。灯りがついています」

瑠璃は権三が指差す先を見た。

五人が歩く一帯は祟りの矛先が向けられるのを恐れ、住人のほとんどが逃げ出した後であった。しかし、瑠璃たちの前方に見える一軒の家に、ほのかな灯りがともっている。

「げっ、あれが噂の祟り堂か」

豊二郎は身がまえた。

「ばあか、暗闇が好きな鬼がわざわざ灯りなんかつけねえよ」

瑠璃に襟首をつかまれながら、馬鹿って言うな、と豊二郎はじたばたしている。

「俺が先に、様子を見てきます」

これまで一言も発しなかった錠吉が、誰にともなく言った。返事を待つこともなくさっさと歩きだす。

「お、おう。気をつけろよ、錠」

権三が声をかける。瑠璃も口を開けたまま、錠吉の背中を目で追った。

錠吉は灯りのついた家屋まで行き、おもむろに中に入っていく。ややあって出てくると、足早に瑠璃たちのもとへ戻ってきた。

「遅かったようですね。二人、事切れてます」

瑠璃は慌てて灯りのついた家へと走った。

土足で中に入り、狭い階段を駆け上がる。

寝間と思われる小さな部屋が、行灯《あんどん》の灯りで照らされていた。布団の上には若い夫婦の死骸《おろく》があった。

情事の最中だったのか、二人は素っ裸で倒れていた。横向きに向かいあった夫婦の瞳は濁り、すでに生気を失っている。手は相手の首に触れ、まるで互いに首を絞めあったかのようだ。口からは泡を吹いた跡が白く残り、布団の上には糞尿《ふんにょう》が垂れ流されていた。

「ちっ」

階段を上がる足音が聞こえてくる。瑠璃は急いで襖を閉め、能面をつけた顔だけを隙間から出した。

「双子は見るな。権さんと錠さんだけ入って」

「なん……」

「何ででも」

低い声で言い放つと双子は黙った。

寝間に入り、惨状を目にした権三は言葉を詰まらせていた。

「これは、ひどいですね」

「まだ尿が乾ききっていない。おそらく息を引き取ったばかりでしょう」

錠吉は死骸を冷静に検《あらた》めるとしゃがみこみ、手をあわせた。権三も目を閉じて一礼する。

「お互いの首を絞めあって死ぬなんて普通じゃない。これも鬼の仕業でしょうね」

部屋に立ちこめる臭気に耐えきれず、瑠璃は鼻をつまんだ。

「まるで心中だな。しかしご近所が祟りにおびえて引っ越してく中、呑気にお楽しみだなんて。こりゃ鬼も怒るはずだよ」

ふと窓際を見ると、机に簪や箪笥《たんす》の金具が並べられていた。

「あれっ。この品って……ここが本当に祟り堂なのか？」

机に歩み寄り、簪の一つを手に取る。

「いえ、暖簾には〝まる屋〟と書かれていました。若狭堂はもう少し先ですよ。この辺には何軒か飾屋があったはずなので、ここもそうなのでしょう」

「ふうん」

瑠璃が手にした簪には、桜や蝶など、ごくありふれた意匠が施されていた。

読経をしていた錠吉が立ち上がる。

「先を急ぎましょう。これ以上の死人を出さないためにも」

瑠璃たちは灯りのついた家を出て歩きだした。待たされていた双子は不服そうだ。

錠吉は先ほどと同じように口を固く閉ざし、脇見もせずに歩いていた。

「着きましたよ。ほら、引き戸が外れているところ」

錠吉の様子を横目で見ていた瑠璃は、権三が示した家へと目をやった。

平屋建ての家はまわりと比べると大きくしっかりした造りだったが、ひどく荒れていた。外された引き戸が雑に立てかけられ、障子はあちこちが破れている。打ち捨てられた暖簾には「若狭堂」の文字が褪《あ》せていた。

「無人だったのは一月だけのわりに、随分とぼろぼろだね」

中に入ろうとする瑠璃を、錠吉がまたも制した。

「俺が、先に入りますから」

「え？　ああ、そう……」

錠吉、権三の後に続き、若狭堂へと足を踏み入れる。

品物を置く台には銀簪が乱雑に並び、床にも散らばっていた。框《かまち》をあがった先の作業場には、職人の命ともいえる鏨《たがね》や金槌《かなづち》などの道具が散乱し、金鋏《かなばさみ》はひどく錆《さ》びついている。

「何でこんなに石が転がってるんだ。これなんか卵の殻《から》だぜ、道理で臭うと思った。この包みは……」

最後に入った豊二郎は、玄関に落ちていた白い包み紙を拾い上げると中を開いた。

「うげ、髪の毛じゃねえか。気持ち悪いな」

「中に何か埋まってない？」

果敢にも髪の束を掻き分けた栄二郎が、あっ、と声を上げた。

「蜘蛛《くも》の死骸《しがい》だ。ひどいなあ、足が全部もぎ取られてるよ。ねえ頭、これ見てよ」

「お前、それをわっちに近づけるな。絶対にだ」

「静かに」

奥の方から、先へと進んでいた権三が小声で瑠璃を呼んだ。

「頭、こっちへ」

権三の声には緊張が滲《にじ》んでいる。瑠璃と双子は互いの顔を見ると、そろって奥へと足を向けた。

細い廊下の先にある部屋の前で、五人は集合した。

「ここが、若狭堂の住人たちが首を吊っていた部屋かと」

「そうか。鬼はここを拠点にしてるのかもな。豊、栄、この家を中心に結界を張っとけ」

双子は頷き、黒扇子を同時に開いた。陀羅尼《だらに》に似た経文を、よどみない調子で唱えていく。

真っ暗な廊下の向こう、玄関より先に見える外に、注連縄《しめなわ》の白い光が輝くのを瑠璃は確かめた。

やがて、経文を唱え終わった二人が告げる。

「四方およそ四十間を囲いました」

錠吉が錫杖をかまえる。権三は金剛杵を固く握りしめ、襖に手をかけた。

「では、いきますよ」

襖がゆっくりと開かれていく。瑠璃は、肌に触れる空気がちりちりと変わるような感触を覚えた。

十畳ある部屋には人影が一つ、佇んでいた。

庭に面した障子は開いているが、月が雲に隠れて部屋の中はほぼ真っ暗だ。畳は所々がささくれ立ち、いくつもの染みができている。

ぼんやりと見える人影は襖に背を向け、天井を見上げていた。

錠吉と権三がにじり寄るようにして部屋に足を踏み入れる。二人の背後で、瑠璃はゆっくりと妖刀を鞘《さや》から引き抜いた。

「あんたかい、祟り堂の鬼ってのは」

天井を見上げていた人影は、静かに振り返った。隠れていた月が人影の動きにあわせるかのように、明かりを漏らす。

「……男？」

鮮明になり始めた姿を見て、瑠璃は驚いた声を出した。

首だけで瑠璃たちを見る鬼の顔には眼球がなく、口は耳元まで裂けていた。額には一寸足らずの黒い角が剝《む》き出している。

――イラ、シャイ。

鬼の目が悪意に歪《ゆが》んだ。

突如、鬼は体の向きを変え、瑠璃たちに躍りかかってきた。

即座に反応した錠吉と権三が、法具を振りまわして腕を払う。鬼は金剛杵の直撃を頭に食らい、縁側へ吹き飛ばされた。

瑠璃は飛雷をかまえる。しかし錠吉が左手を上げ、瑠璃の動きを阻んだ。

「頭、下がっててください」

「何で。飛雷でさっさと斬れば終わるだろう」

「俺と権で押さえつけますから、あなたは止《とど》めだけ刺してくれればいいんです」

その言葉に小さな棘《とげ》のようなものを感じて、瑠璃は頰をぴくりと動かした。

瑠璃が反論の言葉を探す間に、権三は縁側へと詰め寄っていた。

縁側に倒れていた鬼が、権三の気配を感じて頭を起こす。腕を伸ばして体を海老のようにそらす。勢いで体を持ち上げると、庭先にぐるんと着地した。

わずかに腰を屈めたかと思いきや、鬼は地面を蹴《け》り部屋の中へと飛びこんできた。権三の首を狙う。

権三が鬼の腕に金剛杵を掲げる。流れるように鬼は体をそらす。弾みで転がり、畳の上で停止する。今度は標的を変え、そばにいた錠吉につかみかかる。

錠吉は錫杖で、鬼の顔面を速やかに打ちつけた。

尖った先端が鬼の肌を裂く。鬼は痛々しい叫び声を上げた。

「えっ、錫杖で傷が……」

廊下に控えていた栄二郎が面食らったようにつぶやく。

「肌が黒くなっていないからか？　経文で強化したわけでもないのに、飛雷以外で傷がつくなんて」

瑠璃も能面の内側で眉根を寄せた。

鬼は、錫杖が当たった鼻を押さえてのたうちまわっていた。指の隙間からは黒い血が流れている。当の錠吉も、まさかといった面持ちで動きを止めていた。

鬼は黒く空いた口から、猛《たけ》るように荒い呼吸を漏らした。身を起こし、錠吉へと再度手を伸ばす。すかさず権三が横から金剛杵を差しこんで手を打った。鬼がひるんだ隙に喉をめがけ、錠吉が錫杖を突き出す。

鬼は畳を転がりながら錫杖をよける。退路を断とうとする二人の間を縫うように這い、縁側へと後退した。

四つん這いになった鬼の姿は、まるで蜘蛛のようだった。

「逃がさん」

権三は金剛杵を高々と振り上げた。

庭へ逃げるかと思いきや、鬼は虫に似た動きで這いつくばりながら権三の背後までまわりこんだ。部屋の中央で飛び上がり、再び錠吉の懐に迫る。

「錠さん、よけろ」

瑠璃は飛雷を握りしめた。

鬼は錠吉の胸ぐらをつかみ、拳を上げる。

妖刀を振り抜こうとする瑠璃の前で、錠吉は鬼を受け入れるかのように動かない。

照準が定まらず、瑠璃は躊躇《ちゅうちょ》してしまった。

間にあわない、そう思った時。

錠吉は鬼の腕をつかみ、腰元に右脚をかけたかと思うと、体をひねった。勢いに任せてひねりまわし、鬼の背を畳の上に叩きつける。ダン、と大きな音が家中に響き渡った。

錠吉は鬼の上に馬乗りになり、首と両腕を錫杖で押さえつけていた。急いで権三が加勢し、暴れる両脚を押さえる。

「すげえや錠さん、さすがの体捌《さば》きだぜ」

手に汗を握りながら戦闘を見守っていた豊二郎が、歓声を上げた。

「頭、飛雷をお願いします」

錠吉は何食わぬ顔で鬼を組み敷いている。

瑠璃は先ほどと同じ場所で、妖刀を宙にかざして突っ立ったままだった。柄を握りなおし、鬼の頭部へ歩み寄る。目はじとりと錠吉に向けられていた。

「出すぎた真似をするな。危ないだろうが」

「申し訳ありません」

錠吉の目は瑠璃を見ようともせず、鬼へと向けられている。

鬼は身動きが取れず、引っくり返った蟬《せみ》のように為す術なく暴れていた。瑠璃は小さく舌打ちをして、飛雷の切っ先を垂直に鬼にかざす。

吸い寄せられるように、切っ先が鬼の眉間《みけん》へ勢いよく突き立てられた。

鬼は微かに悲鳴らしきものを上げ、身震いすると、動かなくなった。

「これでいいんだろ。ほら、引き上げるぞ」

飛雷を引き抜き、廊下へ向きなおる。錠吉と権三も鬼から離れ、瑠璃の後を追う。

「結構な数を殺してたにしちゃ、呆気なかったな」

瑠璃は能面の内側に不満げな顔を浮かべ、廊下にいる双子に話しかけた。

額にある角の長さと鬼の強さは比例する。短期間で十人以上も死に追いやった鬼なら、もっと角が長く、膂力《りょりょく》も凄まじいものだと思っていた。瑠璃は肩透かしを食ったような心持ちになり、ため息をつく。

三人が、部屋を出ようとした時だった。

――イ、イ、イラッシャイ。

重なるような声がして、三人は一斉に振り返った。

仰向けだったはずの鬼が、四つん這いになっている。

「そんな、ありえない。飛雷は確かに頭を貫いていた」

権三の声に動揺がまじる。

瑠璃たちが啞然《あぜん》と見つめる中、鬼は俯《うつむ》けた顔を上げた。歪んだ笑みがニイ、と深くなる。

次の瞬間、眉間の刀傷が縦に伸び始めた。頭のてっぺんから股間まで到達すると、鬼の皮膚はずるりと畳に落ちた。

蛹《さなぎ》が羽化《うか》するかのごとく剥けた皮膚の内側には、黒く、ぬめりけのある物体があった。

「何だよ、これ……」

瑠璃の首筋に冷や汗が伝った。全身の血管が激しく脈打つ。本能が危険を訴えると同時に、身体の底から狂気と喜びが沸き起こる。

ドクン。

心の臓が大きく跳ねるのを感じて、瑠璃は唇を噛みしめた。

剥けた鬼の皮は、波のように畳に広がっている。庭から差しこむ月明かりの下で、中から現れた物体はぬらぬらと光りながら立ち上がった。

黒い物体は、辛うじて人の形をしていた。

額には禍々《まがまが》しい邪気を放つ、三寸ほどの角。顔面には目も鼻もない。大きく裂けた口だけが窪《くぼ》み、瑠璃たちに向かって笑みを漏らす。

五人を最も戦慄《せんりつ》させたのは、鬼の体に浮かび上がった無数の目玉だった。ぎょろぎょろと獲物を探すかのように忙《せわ》しなく動き、すべてがそろって瑠璃たちに向けられた途端、鬼は身を屈めた。

「退《ひ》けっ」

五人は玄関へと一斉に走りだした。背後から、鬼が廊下の壁に激突する音がした。

「ここじゃ分が悪い、外に出るまで振り返るな」

玄関まで辿り着いた時、前触れもなく錠吉と権三の体が瑠璃の両脇を通り越していった。反射的に屈みこむ。頭上を何かが高速で飛び越える気配がした。

鬼の強裂な蹴りによって向かいの家の壁まで吹き飛ばされた二人は、倒れたまま苦しげに咳《せ》きこんでいる。

「錠さん」

「権さんっ」

一足先に外に出ていた双子が急いで駆け寄る。

真っ黒な鬼は、今や瑠璃と男四人の中間に立っていた。

不測の事態に肩で息をしていた瑠璃は、鬼が男衆に向かって歩き始めるのに気がついた。

「させるか」

飛雷を手に駆けだす。

刀身が風を斬り、切っ先がうなじに当たるかと思った瞬間、鬼の首に目玉が一つ浮かび上がった。攻撃を察した鬼はくるりと振り返った。瑠璃は即座に腰を落として回避する。ぬめりけのある腕が瑠璃に向けて伸ばされる。しかし勢いがついた体は止まらず、車輪のように地面を転がった。

立膝をついて停止し、すぐさま顔を上げる。

鬼は楽しむように首を傾げ、瑠璃に向かって笑っていた。体中に開いた目玉が四方を眺める。やがてすべての視線は、瑠璃へと注がれた。

鬼の後ろで、錠吉と権三がふらふらと起き上がる気配がした。

「お前ら逃げろ。豊、栄、二人を連れて離れるんだ」

双子は錠吉と権三に肩を貸して引きずりだした。背後の動きを察知した鬼が向きを変えようとする。

「お前が見るのはこっちだろうが」

瑠璃は勢いをつけて足を踏み出すと、鬼の腰を斬りつけた。だが鬼の皮膚は想像していたよりも固く、刃は体の上を滑っただけであった。

「頭、楢紅《ならく》を……」

豊二郎に支えられた錠吉が、絞り出すように言うのが聞こえた。瑠璃は鬼を警戒しながらほんの寸の間、逡巡《しゅんじゅん》した。

「……わかったよ。楢紅、来い」

飛雷の刃を左の人差し指に押し当て、流れる血を地面に落とす。

瑠璃と契約を結んだ白髪《はくはつ》の傀儡《くぐつ》が、柔《やわ》くなった地面から現れた。血文字で「封」と書かれた白布を目元に巻き、遊女の出で立ちで穏やかに微笑んでいる。

その微笑みを見るや、鬼は一瞬、ひるんだように足を止めた。

瑠璃は楢紅に近寄ると、無言で楓樹《ふうじゅ》の文様が施された仕掛《しかけ》をはぎ取った。

「いけません。目を、楢紅の目を使ってください」

「権さん、全員に仕掛を被せろ。絶対に外すなよ」

錠吉の怒鳴り声を無視し、瑠璃は権三に向かって仕掛を投げる。受け取った権三は一瞬ためらったが、黙って他の三人を大きな体で引き寄せると、楓樹の仕掛で覆い隠した。

四人の姿は仕掛ごと、その場から消えた。

「羽化する鬼なんて聞いたことねえぞ、くそったれ」

鬼は消えた四人を探す素振りを見せていた。そのうち首をひねり、瑠璃へと視線を戻す。

「まあいいさ。考えるのは後だ」

能面の内に不穏な笑みを浮かべ、胸元に手をやる。心の臓が鼓動するのを感じながら、瑠璃は目を閉じた。

「おい、聞こえるか居候《いそうろう》。住まわせてやってんだから、しっかり店賃《たなちん》を払いやがれ」

刹那《せつな》、青い旋風《せんぷう》が瑠璃のまわりに立ちのぼった。胸元にある三点の印が肥大し、数を増しながら瑠璃の体を覆っていく。

ドクン。

心の臓が跳ねる。

「ぐ……この馬鹿龍神が、少し力を貸したら引っこんでろ」

身体を蠢《うごめ》く龍神の気配に、瑠璃は胸を押さえた。心の臓に棲む飛雷が、おぞましい鬼の姿を見た動揺につけこもうとしている。邪龍はいつでも瑠璃の体を乗っ取ろうと待ちかまえているのだ。

瑠璃は心の内に黒い水面を思い浮かべた。水面に浮かぶ波紋。揺れ動く水面が、徐々に平らかになるよう想像する。この精神統一の方法は亡き養父、惣右衛門から教わったものであった。

連なる波紋が水面を滑る。少しずつ、しかし確かに、水面から波紋が消えていく。とうとう黒い水面は静謐《せいひつ》さを取り戻した。

芯から膂力が湧き出る感覚に浸りながら、瑠璃はまぶたを開いて鬼を見据える。飛雷の蠢きはもはや感じない。

瑠璃の力を感じ取ったのか、鬼は顎《あご》が外れんばかりに口を開け、激しい鬼哭《きこく》を発した。家々の戸や障子が、衝撃の波に耐えかねてガタガタと揺れる。

——私の簪は、呪われてなんかいない。

——ねえお父っつぁん、何で皆、あたしたちを無視するの？

瑠璃は飛雷を強く握りしめ、鬼に向かってふるった。鬼は腕をかざして頭をかばおうとする。

防御も空《むな》しく、飛雷は鬼の腕を斬り裂いた。黒い血が噴出して地面に滴《したた》る。瑠璃は続けざまに脚を斬りつけた。鬼が膝をついたのを見て、今度は左肩を斬る。

鬼哭に憤怒の情が入り乱れた。

鬼は振り上げられた斬撃《ざんげき》をすんでのところでかわし、地面を転がった。右腕を伸ばし、瑠璃の足首を捕らえたかと思うと一気に手前へ引き寄せる。

軸を失った瑠璃は仰向けに倒され、背中を打った。

鬼は瑠璃の上にまたがる。もがく腕を膝で押さえつけ、両手で首を圧迫し始めた。

——どうして誰も、信じてくれないの。

――神さまは、おいらたちを救ってはくれないんだ。

「く、るし……」

細い首は抵抗する術もなく、ぎりぎりと絞め上げられていく。

鬼の笑みが、勝機を確信したように濃くなった。

「なあんて、ね」

鬼の顔を見ながら、瑠璃は面の内側でにんまりと片笑んだ。右手に握った飛雷がしなる。

飛雷は鉤爪《かぎづめ》のように切っ先を湾曲《わんきょく》させ、鬼のこめかみを一直線に貫いた。能面に黒い血が滴り落ちる。

辺りを揺らす鬼哭がやんだ。

声にならない不可解な音を漏らしながら、鬼の体は瑠璃に向かってつんのめった。首にかかる力が緩んだのを感じ、瑠璃は鬼の股を抜けるようにして、急いで這《は》いずり出る。

鬼は頭から地面に倒れこんでいた。低いうめき声を上げながら、体は砂山のようになって崩れていく。

瑠璃の視線に見守られながら、鬼は跡形もなく消えていった。

　今度こそ完全な静寂が戻ったのを確かめて、瑠璃は大きく息を吐いた。能面についた返り血も、砂塵《さじん》となり風に流れていく。

「頭、何ともないですか」

　仕掛を脱いだ権三が一目散に駆け寄ってきた。

「ああ。ちょいと焦ったけど、だいじょ……」

　途端、視界に映る天地がまわった。

「頭っ」

　膝をついた体を、権三は慌てて支えた。錠吉と双子も瑠璃のもとへ駆けつける。

「はは、平気だってば。でも龍神の力ってのはやっぱ、そう簡単にゃ慣れねえモンだな」

「わん、わんわんっ」

　唐突に、夜の静けさを打ち破る鳴き声が響き渡った。

　横を見ると、どこからか現れた灰色の狛犬《こまいぬ》が、瑠璃に向かって吠えかかっている。

「何だ、この犬……」

　それを最後に、瑠璃は気を失った。

「ほう。龍神の力というのは、かくも素晴らしきかな。いいものを見させてもらった」

権三たちが急いで瑠璃を抱き上げる様子を、二階の窓から一人の男が眺めていた。背後には、首を絞めあった夫婦の死骸。出窓に頬杖をつき、高みの見物を決める男は、意識を失った瑠璃を見て笑みをこぼした。

「だが、使いこなすにはあまりにも未熟で、荒削りすぎる。傀儡を使わないというその甘さも、いつか身を滅ぼすことに繋がりますよ……瑠璃花魁」

四

「で、何でお前がここにいるんだい」

三ツ布団に横たわり、頭を左手で支えながら瑠璃はぼやく。

枕元には信楽焼《しがらきやき》の付喪神《つくもがみ》であるお恋《れん》、髑髏《がしゃどくろ》のがしゃ、山姥《やまんば》の露葉《つゆは》。瑠璃と妖たちの視線の先には、灰色の狛犬の姿があった。

狛犬は身を硬くして畳の上に座している。

「もう何度も言ったであろう。拙者《せっしゃ》は神田明神《かんだみょうじん》に奉《まつ》られし狛犬の付喪神。偉大なる神々をお守りしているのだ。そちのような女子《おなご》に、お前呼ばわりされる筋合いなどない」

狛犬はいかにも偉ぶった態度で胸を張ってみせる。が、その視線は、瑠璃の手元を凝視していた。

瑠璃は三ツ布団の上から手を伸ばし、畳に置いてあった皿から文旦《ぶんたん》の実をつまむと、口に放りこむ。権三が寝こんでいた瑠璃のために差し入れてくれたものだ。

「それはわかったっつってんの。そんな立派な使命をお持ちの狛犬さまが、筋合いもない女郎《じょうろ》の部屋にどうして居座ってんのか、って聞いてるんだよ」

狛犬はもの欲しそうな目で文旦を見つめた。お恋もよだれを垂らしている。瑞々しい文旦の実は、皿から瑠璃の口へと次々に消えていく。

「お前、鬼の中から出てきただろう。どうして狛犬が、鬼に取りこまれるなんてことになっちまうのさ」

「拙者だってわからんっ。あの飾屋一家は、神田明神に毎日のように祈願に来ていたんだ。いつからか祈りが暗いものになっていって、気づいた時には鬼の中だったのだ」

狛犬は口惜しそうに小さく鳴いた。

鎌倉町の鬼の正体は、祟り堂の住人、若狭堂の一家だった。

京から進出して鰻《うなぎ》のぼりの評判を上げる若狭堂は、近隣に住む他の錺職人たちから嫉妬《しっと》の目を向けられていた。

そのうち、新参者の台頭を許せなかった二人の職人が手を組み、若狭堂に関する嘘の噂を吹聴し始めた。

最初は、銀細工に使う銀が粗悪で黒ずみやすいとか、京から来たのは師匠の金を盗んだのがばれたから、といった内容だった。されど確かな腕と独特の美的感覚を売りにする若狭堂の評判は、なかなか揺らがない。女房や奉公人の客あしらいもこなれており、人柄を貶《おとし》めることも難しかった。

次第に噂の内容は過激なものになっていき、若狭堂の亭主は怨霊に呪われている、という作り話がまことしやかにささやかれるようになった。運悪く、時を経ずして、武家の娘が若狭堂の簪で頭を貫いて死んだ。たとえ不慮の事故であったとしても、人々は娘の死を噂と結びつけることに、何の疑問も抱かなかった。

二人の職人に扇動される形で、人々は若狭堂に嫌がらせをするようになった。訪れた客に聞こえるように、武家の娘が死んだ話を大声でする。悪霊を退散させるという名目で石や卵、呪術めいた代物を投げ入れる。当然ながら亭主は噂をでたらめと否定し、近所の者たちに抗議もした。女房も奉公人も噂を払拭すべく、それまで以上に細やかな接客を心がけた。だが一度ついてしまった噂の火種は、そう簡単に鎮火《ちんか》するものではない。

いかにもな正義を掲げた集団の悪意は若狭堂を極限まで追い詰め、ついには奉公人を含めた一家心中という、最悪の結果をもたらした。

瑠璃たちが初めに見た男は若狭堂の亭主だった。しかし、男の姿はあくまで中身を覆う皮。本体こそが、あの黒い鬼だった。

ぬめりけのあるおぞましい体に、いくつも見開かれた目玉。心中によって無念の死を遂げた若狭堂の、怨念の集合体だったのである。

「でっちあげの噂が収束しますようにって祈願が、嫌がらせをする奴らへの呪いに変わってったってことか」

瑠璃は文旦をしゃくしゃくと食べながらつぶやく。お喜久の話を聞いて感じた違和感は、思い過ごしではなかった。

近隣の者たちを殺していたのは他でもない若狭堂。そもそも若狭堂の一家を呪い殺した鬼など、最初から存在しなかった。彼らを死に追いやったのは、鬼ではなく、人だったのだから。

「神さまってな、意地悪だねえ。さっさと祈願を叶えてくれりゃ、あんなことにはならなかったのに。よりにもよって呪いの方を叶えちまうなんてさ」

「なあ、お前んとこの神さまは何も言ってなかったのか？　願いを聞いてどう思ったとか、嫌がらせをする奴らを止めてやろう、とかよ」

がしゃがカクカクと骨を鳴らしながら疑問を投げる。骸骨が突然動いて話しかけてきたので、狛犬はびく、と身を震わせた。

「そんなの、狛犬は、拙者がわかるわけないだろう。何度も何度も言うが、拙者は狛犬でも中身は付喪神。真なる神の使いではない」

どう違うんだ、と首をひねるがしゃの横で、お恋は大きく頷いていた。

「ええ、よっくわかりますよ。付喪神って、見た目で判断されがちですもん。お互い苦労しますねえ」

正体が狸《たぬき》ではなく信楽焼であるお恋は、狛犬に勝手な親近感を抱いているようだ。

薄茶色の髪を束ねた美女、露葉が、お恋をじっと見つめた。

「お恋ったら、狸だ何だっていじられてもへらへらしてるのに。意外と気にしてたんだね」

「へ？ いじられ？」

「……いや、何でもないよ」

発言の意味を理解していない狸にこれ以上はやめておこうと、露葉はかぶりを振った。

瑠璃も咳払いを一つして、改めて狛犬に目を戻す。

「お前が狛犬の付喪神で、参拝に来てた若狭堂に取りこまれたことは、もうわかった。でもそれが、わっちについてきて部屋に居座る理由には繋がらないんだが？」

詰問の手を緩めようとしない瑠璃の視線に耐えきれなくなり、狛犬はうなだれた。

「仕方ないだろう。だって拙者、もう行くところがない。他の狛犬たちには、鬼に取りこまれて穢《けが》れを受けた以上、社《やしろ》へは来るなと吠えられてしまった。もう帰れないのだ」

寂しそうに鼻を鳴らす。露葉とお恋は狛犬の様子を見て、目にうるうると涙を浮かべた。

「瑠璃、ここに置いてあげなよ」

「えっ」

「そうだ、さすが露葉さん、名案ですっ。狛犬さん、花魁は強ぉい人ですから、穢れなんてへっちゃらです。私たちもしょっちゅう遊びに来るんで、寂しくなんかありませんよ」

「やだよ、勝手なこと言うな」

話の流れから嫌な予感はしていたものの、瑠璃は涙ながらに訴える妖たちに慌てた。

「どうしてえっ。狛犬さんだって、きっと私と一緒で花魁の力に惹かれてついてきちゃったんですよ。もう花魁は引き寄せちまう体質で確定なんだから、いい加減に己の運命を受け止めてくださいっ」

「どの口が説教してんだよ。つうか、鼻提灯《はなちょうちん》ぶらさげて布団に乗るんじゃねえっ。いくらすると思ってんだ」

短い脚で羅紗《らしゃ》の布団によじのぼろうとする狸の頭を、瑠璃はぐいぐいと押さえつけた。

「もう、いいのだ」

消え入りそうな声を耳にして、瑠璃とお恋は押し問答をやめた。

「穢れを受けたのは紛れもない事実。そんな狛犬が一つところに居座っては、きっと災いを呼ぶ。拙者は、どこか山にでも籠《こも》って、誰にも迷惑をかけずに生きていこうと思う。そちの持つ気があまりに魅力的でここに来てしまったが、やっと決心がついたのだ」

「あ、山に行くなら露葉に聞くといいぞ。あと、油坊《あぶらぼう》も山に住んでるから色々詳しいとおも……」

「花魁っ」

お恋は飛び上がって瑠璃に頭突きを食らわせた。しかし次の瞬間には怒りを買い、あえなく脇の下に捕獲される。

一方で狛犬は立ち上がっていた。

「おい、本当に行くのかよ」

がしゃの問いかけに狛犬は頷いた。

「世話になったな。押しかけてしまい、すまなかった」

言うと、出窓に足を向ける。尾が垂れ下がった狛犬の後ろ姿には、何とも言えぬ悲愴感が滲み出ていた。

露葉が何か言おうとする。それより早く、瑠璃が口を開いた。

「待ちな」

狛犬は振り返った。

瑠璃は狸を脇で絞めながら、ふてくされた顔で狛犬を見据える。やがて、諦めたようにため息をついた。

「わかったよ、こいつらには負けた。ここにいていいよ」

瑠璃の言葉を聞くや、お恋は腕から脱出し、今度は首筋に抱きついた。

「わああいっ。花魁はやっぱり、花魁ですねっ」

「だってよ。よかったな」

がしゃも上機嫌に笑っている。

頬ずりしてくる狸の頭をわしづかみにしながら、瑠璃は狛犬に向かって厳しい顔を作った。

「ただし、ずっと居座られるのは困る。遊女の部屋に神社にいるべき狛犬が鎮座《ちんざ》してたら、客に不気味がられちまうからな」

露葉のような生まれついての妖は、完全なる陰の存在である。「妖を見る素質」を持つ者の目にしか、彼らの姿は映らない。

だが器物として生まれた付喪神には実体がある。陰陽《おんみょう》の狭間にいる存在と言えよう。そのため妖を見る力がない者にも、動いている姿を認識されてしまうのだ。

「ここの妓たちにまた変な噂をされても嫌だしね。だからこいつらみたく、たまにこっそり遊びに来る程度にしろよ」

「ま、まこと、まこと。何か暑苦しいなお前」

狛犬は目を輝かせ、ちぎれんばかりに尾を振った。

「この恩は決して忘れぬっ。そちに何かあれば、どこにいようとも拙者の俊足で駆けつけようぞ」

「そりゃどうも。それでお前、名は何てんだ」

何の気なしに問うたつもりだった。が、狛犬はきょとんとした顔で首を傾げた。

「名などない。参拝に来る者たちは狛犬さまと呼んでいたが、拙者だけを指す名は必要ないからな」

瑠璃は物思わしい顔つきで狛犬を見つめた。

「ふうん、そうか。でも名前がないと、呼ぶ方は面倒なんだよ。かといって狛犬さまってのも堅苦しいしなあ。じゃあお前、今日から〝こま〟な」

「こま……」

「待てい、適当すぎるだろ。白猫だから白《しろ》、俺の時だって髑髏だからがしゃ、ってひねりもせずにつけやがって。お恋にはちゃんとした名前を考えたくせに、ずりい、えこひいきっ」

がしゃが憤慨した様子で立ち上がり、瑠璃に抗議した。

「じゃかあしいっ。文句があんならお前のことを〝骨〟って呼んでもいいんだぞ」

「お、横暴っ」

露葉は思わず吹き出している。お恋は嬉しそうに、こまちゃん、と何度も呼びながら、ぐるぐると狛犬のまわりを踊っていた。お恋の踊る姿に触発されたがしゃも輪に参加し、こまは歓喜の遠吠えを響かせた。

「あいつら、わっちが寝こんでたの忘れてないか。これじゃちっとも休まらねえよ」

瑠璃は戯《たわむ》れる妖たちを呆れたように眺めた。

鎌倉町での任務の後、気を失った瑠璃は十日間も眠り続けた。原因は、飛雷の扱いにある。

飛雷の使い方には二つの段階が存在する。

一つめは「普通の刀」として使う段階。これに気力が消耗されることはない。問題は二つめ。心の臓に棲む龍神に発破《はっぱ》をかけ、力を借りる段階である。そうすることでより硬いものを斬り裂き、さらには刀の形状を変化させることも可能だ。

津笠との死闘によって二段階め、妖刀の真の力を引き出せるようになったものの、強大な力は瑠璃の心身に計り知れない負荷をかけていた。

飛雷は瑠璃の心が怒りや哀しみ、激しい動揺によって闇に傾いた時、凶悪な牙を剝く。使い方を誤って力に頼りすぎれば、容赦《ようしゃ》なく瑠璃の体を乗っ取るだろう。飛雷はその時を虎視《こし》眈々《たんたん》と狙っているのだ。

飛雷の力は瑠璃にとって諸刃《もろは》の剣《つるぎ》。瑠璃は飛雷を恐れていたが、やはり鬼と戦う際に力を借りねばならないこともある。ならば一刻も早く使いこなせるようになりたいと、躍起《やっき》になっていた。

「とりあえずは元気になって安心したよ。それにしても複数の怨念の塊《かたまり》だなんて、とんでもない鬼が現れたモンだね」

露葉は言いながら堆朱《ついしゅ》の高価な菓子箱を探り、勝手にあられを取り出している。

「人は残酷ね。噂を鵜呑《うの》みにして自分の頭で考えもせず、あたかも怨霊退治のためみたいに正義面してたんだから、始末に負えない。そういえば嫌がらせを扇動してた二人の職人って、どうなったのさ」

「一人はわからんけど、もう一人は任務の時に見つけた死骸の、亭主の方だったみたいだ」

露葉はあられの一粒を自分の口に入れ、もう一粒を瑠璃の口に入れてやる。

「いわくつきの土地に留まるなんて図太いとは思ったけど、くだらん嫉妬ででっちあげの噂を流すような奴なら、まあ納得だ」

瑠璃は脳裏で鬼の容貌を思い返した。

祟り堂と揶揄《やゆ》され、罪人のような扱いを受け、死を選ばざるをえなかった一家。死してなお誇りを持って作った簪の無実を訴え、呪いという形で哀しみを吐き出す鬼の心情は、瑠璃の中で幾度となく反芻《はんすう》されていた。

「鬼は消えてなかったし、のっぺらぼうとかいうのだっていなかった。結局お内儀さんの杞憂《きゆう》に終わったなあ」

「瑠璃、あんまり無茶しちゃ駄目よ。錠吉さんたちも心配してるんじゃないかえ？」

露葉は上から瑠璃の顔をのぞきこんだ。瑠璃はふくれっ面で横を向く。部屋の中央では、お恋たちが珍妙な歓迎の舞いを続けていた。

「錠さんとは、あんまり話してない」

ぼそりと言うと、露葉は意外そうに目を大きくした。

「どうしてさ。喧嘩でもしたの？」

瑠璃は寝転んだまま首を横に振った。

「喧嘩の方がどれだけいいか。どう見てもわっちに不満があるって感じなのに、錠さんは何も言わなくて。こういう時ってどうしたらいいんだ？」

「ふふ、そういえば瑠璃って、吉原に来るまで友だちがいなかったんだっけ」

露葉は瑠璃の顔を眺めながら微笑んだ。

「そ、それが何だよ、悪いかよ。ていうか錠さんは友だちなんかじゃないんだから、関係ないだろ」

瑠璃は目を泳がせながら言い返す。瑠璃の性分や思考を、露葉は斟酌《しんしゃく》していた。妖にしては人に近い分別を持つ山姥は、瑠璃のよき理解者でもあった。

「そうさね、友だちとは違う。でも仲直りの仕方は一緒だよ。お互いが何を考えているか伝えあう、まずはそこからさ」

「わっちから錠さんに歩み寄れって言うのか？　態度が変なのはあっちなのに、何でわっちが……」

「錠吉さんって、瑠璃以上に不器用だと思うのよね。陰口を叩いたり、誰かにぶつけたりは絶対にしない。けど、だからこそ、腹に溜めこんでしまうんじゃないかね」

諭すような露葉の口調に、瑠璃は黙りこんだ。

露葉の言うことが正しいのは、頭ではわかる。しかし、話しあうきっかけをどうやって作ればいいかまではわからなかった。

瑠璃がもう少し詳しく聞こうとした時、廊下から騒がしく走る足音が聞こえた。耳を澄ますと、足音はこちらに向かってきている。

「るぅりぃ」

瑠璃は廊下からの声にぎょっとした。

「やばい、夕辻《ゆうつじ》だ。全員、もう解散っ」

部屋で妖が踊り狂っているのを勘づかれたら大変だ。妖たちも瑠璃の号令に慌てふためき、わらわらと窓から出ていく。

落とした笠《かさ》を拾ってお恋が窓から飛び出るのと、襖が豪快に開けられるのは同時だった。

「瑠璃ってばあ、まだ寝てるのお？」

朋輩《ほうばい》である遊女、夕辻が、顔を上気させて部屋に入ってきた。手には徳利《とっくり》を持っている。帯を緩めたのか、襟元から豊かに張り出した胸の谷間が存在感を際立たせていた。

「おいおい、昼間っからそんなに飲んで。べろべろのまま夜見世に出るつもりかよ」

「いいじゃんかあ、瑠璃が寝てばっかでつきあってくんないからだよ、もう」

夕辻は不満そうなことを言いながら、酔った顔で布団に倒れこんできた。そのまま瑠璃に抱きついて頭をこすりつける。

「こら、ひっつくな。さては相当飲んでやがったな」

「もう風邪はだいぶ治ったんでしょお？　あのね、わっち相談したいことがあってさ……」

「騒がしいですねえ」

納戸から唐突に声が聞こえ、瑠璃はがばりと半身を起こした。

猫又の白が、欠伸をしながらこちらへ向かってきていた。露葉たちとともに部屋へ遊びに来た白が、眠いからと納戸に移動していたのを、瑠璃はすっかり忘れていたのだ。

「わあ、綺麗な猫ちゃん。炎もそうだけど、瑠璃って動物に懐かれやすいよねえ」

どぎまぎしている瑠璃をよそに、夕辻は布団から起き上がった。白猫に駆け寄ると、柔らかい体を抱き上げる。

「この子、瞳が青と緑で色違いになってるよ。珍しいなあ」

撫でまわされる白は、寝起きの不機嫌さを忘れたように喉を鳴らしている。

白は猫として生まれ、後に猫又へと転化した存在である。そして夕辻には、妖を見る力がない。ゆえに彼女の目には白の姿が普通の猫として映り、話し声も猫の鳴き声でしかなかった。

まあいいか、と瑠璃は心の中でつぶやいた。

「それで？　何だよ、相談って」

その時、襖がまたしても開き、一人の禿が入ってきた。瑠璃はうんざりしたような顔つきになる。

「どいつもこいつも、頼むから寝させてくれよ。おい、黙って入ってくるなんて失礼だろ。一声かけろよ」

「あ、い、ひまり……。どうしたの、わっちを探してたの？」

嬉しそうに白の腹を撫でていた夕辻が、慌てたように禿に尋ねた。

ひまりと呼ばれた禿は小ぶりの鼻と口に、ひときわ大きな目をしていた。無表情な瞳はぎやまんを思わせる。眉上と肩で切りそろえられた垂れ髪に赤い衣裳を着た姿は、精巧な人形のようでもあった。愛らしさをうかがわせる面差しにはしかし、子どもらしい雰囲気が感じられない。

ひまりは何も言わずに夕辻のそばに進むと、紅の入った貝殻《かいがら》を差し出した。

「そっか、小間物屋へお遣いを頼んだんだっけね。ありがとう。これください、ってちゃんと言えた？」

ひまりに話しかける夕辻の声音に、瑠璃はどことなく平時と異なるものを感じた。

問いかけられたにもかかわらず、ひまりはなおも無言のままだ。にゃあ、と白が鳴き声を上げる。それを聞くや、ひまりは踵《きびす》を返して襖へ向かい、そのまま駆け足で部屋を出ていってしまった。

ぴしゃりと襖の閉まる音が響く。

「何だあ、あいつ？　礼儀ってモンを知らねえのか」

瑠璃は思わず声を荒らげて夕辻を見た。

夕辻は、渡された貝殻を手にべそをかいていた。先ほどまでの楽しげな様子はすっかり消えている。

一転して曇ってしまった夕辻の表情に、瑠璃はなぜ夕辻が昼から酒を飲みたくなったのかわかった気がした。

「相談って、ひまりのことだったのか」

そう言うと、夕辻は小さく頷いた。

鬼になった朋輩、津笠には抱えの禿や新造《しんぞう》があわせて四人いた。ひまりは中でも最年少の九歳だったが、器量のよさに加えて気の利く性分で芸事にも長けていたため、あと一年ほどで引っ込み禿になるはずだった。

ところが津笠が死んで、ひまりは誰とも話さなくなった。笑わず、泣きもせず、どれだけ話しかけても反応しない。自分のことは自分でできるようで頼めば遣いにも行くが、引っ込みになれば将来の花魁候補としてより精進せねばならない。口が利けない、愛想もないのでは論外である。楼主の幸兵衛もほとほと手を焼いていた。

ひまりは遊女たちの間をたらいまわしにされた。見かねた夕辻が、一月前からひまりの姉女郎になっていたのである。

「あんな調子だし、たまに何もないとこ眺めてぼんやりしてるせいで、他の禿からも仲間外れにあっちゃって。気味が悪いって言うお客もいるんだよ、あんまりだと思わない？」

思いを吐き出して俯く夕辻に、瑠璃は黙ってしまった。子どもの考えることなど理解できない。とは言え、こんな時に気の利いた言葉の一つもかけられない自分が、歯がゆく思えてならなかった。

「ねえ、瑠璃がひまりの姐《ねえ》さんになってあげられない？」

出し抜けに言われ、瑠璃はうろたえた。

「簡単に言うなよ。誰も手に負えないようなガキの面倒を、わっちが見れると思うか？」

瑠璃は黒羽屋に来た当初から、禿や新造をとらないと宣言していた。子どもが嫌いという性格上の問題も大いにある。だが何より、黒雲の裏稼業を隠しつつ妹女郎の世話など、とてもできないと考えていたからだ。幸兵衛も渋々ながらに了承していた。

「瑠璃ってつっけんどんなとこあるけど、ひまりにとっては逆にいいんじゃないかと思うんだ。わっちは気にかけすぎて、窮屈《きゅうくつ》なのかもしれない」

「そんなこと言われたって、無理なモンは無理だ」

すげない返答に、夕辻はうなだれた。それに気づいた瑠璃は決まり悪そうに口を閉ざす。

しおしおとした夕辻の姿を見て罪悪感が募り、言いすぎたと後悔していた。

「そうだよね、あの子はきっと津笠じゃなきゃ駄目なんだ。やっぱり、わっちじゃ力になってあげられないのかな」

垂れがちの目が震えたかと思うと、夕辻は泣きだしてしまった。焦った瑠璃はおろおろと辺りを見まわすばかりだ。

夕辻の膝に乗った白猫の背に、涙の粒が落ちる。白は濡れた背中をしきりに舐《な》めていた。

「ひまり、津笠といる時はいつも笑ってたのに。津笠がいてくれたら、あの子だって……」

酒が入っているせいもあってか涙を流し続ける夕辻を、瑠璃は肩を落として見つめた。

津笠の生前、瑠璃と夕辻は、何かにつけて津笠と三人で行動をともにしていた。夕辻の口から津笠の名を聞くのが、今の瑠璃にとっては何よりも応《こた》えることだった。

「……ごめんな、夕辻」

裏稼業として鬼退治をしていることは、見世の遊女たちには秘密である。津笠だけが例外で、瑠璃は黒雲のことを打ち明けていた。しかし、彼女の死後に秘密を知る者は誰もいない。

瑠璃は残った唯一の友人である夕辻に、津笠の死の真相を伝えられずにいた。もし自分が津笠の死に大きく関わっていたことを、夕辻が知ってしまったら。夕辻にどんな反応をされるか、瑠璃はいたく恐れていたのだった。

「ううん、瑠璃が謝ることじゃないもん」

夕辻はふるふると頭を振った。

「あっ。何か冷たいと思ったらあなたですか、んもう」

背中が濡れているのは夕辻のせいと気づいた白が、文句を言うように鳴いた。

「え？　何だろう、もしかして冷たかったのかな。ごめんね、よしよし」

にゃあにゃあ、とやかましい鳴き声に、夕辻は慌てて背中をふいてやる。夕辻よりもさらに空気を読まない猫又に、瑠璃も眉尻を下げた。

「まだまだ駄目だね、泣いたりして。ひまりのためにもしっかりしなきゃって思うけど、いまだにたまらなく寂しくなっちゃうんだ。これじゃ津笠に叱られちゃうよね」

涙をぬぐい、夕辻は気丈に笑ってみせる。

その作り笑顔を、瑠璃は考えこむように見ていた。

暗闇の中、瑠璃は一人で立っていた。

ゆっくりと四方を見まわす。すると、遠くに人影が一つあるのを見つけた。

瑠璃は歩きだした。ひたひたと、素足が冷たい地を進む音だけがする。

徐々に近づいた人影の輪郭をはっきり目に留め、瑠璃は気づけば走っていた。息を弾ませ、人影に向かって急《せ》くように駆ける。

重い仕掛の裾につまずきそうになりつつも、ひたすら駆けに駆け、その人物の目の前まで来て、ようやく足を止めた。

「津笠」

瑠璃の朋輩、津笠がそこにいた。

遊女の衣裳を身につけ、黒い地面を見つめて佇立している。

「津笠、やっと会えた。話したいことがたくさんあるんだ」

瑠璃は嬉しそうに語りかけた。

「あんたがいなくなって、わっちは何だか、ここにぽっかり穴が空いちまったみたいなんだ」

拳をそっと胸に当てる。

「夕辻が悩んでるのに、何も言えない自分が嫌になるよ。ひまりの姐さんになろうって、本当は思わないでもないんだ。でも、どうしても踏んぎりがつかない。自分のことだけでも大変なのに、誰かの面倒を見るなんて、できるのかなってさ」

瑠璃は続けざまに胸の内に溜まった思いを告白する。なぜか津笠の前では吐露が止まらなかった。

黒羽屋での日々、そして黒雲の任務。

饒舌《じょうぜつ》な瑠璃に対し、津笠は俯いたまま口を閉ざしていた。

「鬼とどう向きあえばいいか、わからなくなるんだ。鬼を見て湧き上がる感情を、どうしても抑えられない。痛めつけるのを楽しく感じるなんて最低だ。わかってるんだよ。それなのに……」

瑠璃は津笠へとさらに一歩、歩み寄った。

「なあ津笠、教えてくれよ。わっちはどうしたらいいんだろう」

すがるように問いかける。だが、津笠は瑠璃の声が届いていないかのように、身じろぎもしない。

「何か言ってくれよ、津笠。どうして、何で黙ってるんだ」

不意に、津笠は顔を上げた。

そこにあったのは、黒く空いた目と口。眼窩《がんか》は赤い涙を垂れ流していた。

「何も言えなくしたのは、お前じゃないか」

五

瑠璃は飛び起きた。

心の臓が早鐘を打っている。全身にはびっしょりと冷たい汗をかいていた。

「また、同じ……」

渇ききった喉から、自然に声が漏れ出た。

こめかみを伝う汗を感じて、顔を両手で覆い、大きく息を吐く。

「怖い夢でも見たのかな？」

唐突な声かけに、瑠璃は目を見開いた。ぞくりとして窓の方を見る。男が一人、座布団の上で手酌《てじゃく》をしていた。

「伝次郎《でんじろう》さま」

声の主がわかると、瑠璃は見られないように汗をぬぐい、しっとりとした笑みを作ってみせた。

伝次郎は瑠璃の客である。五十代の後半、絶倫をうかがわせる大きな鼻が特徴のこの男は、通油町《とおりあぶらちょう》で油問屋を営んでいた。黒羽屋への登楼はこれで三回目、瑠璃とは馴染みになったばかりだ。丁稚奉公の身から一年前、大店の主人にまでようやくのぼり詰め、廓遊びはその頃から始めたのだと瑠璃は聞いていた。

「顔色が悪いね。若い衆に水を持ってこさせようか」

瑠璃はそれとなく伝次郎を観察した。

伝次郎は鼻が悪いらしく声がくぐもっている。鼾《いびき》も尋常でなくやかましいので、辟《へき》易《えき》した炎が出ていってしまったほどだ。それほど熟睡していたはずなのに、知らぬ間に布団から出て自分の寝姿を見ていたのかと思うと、薄ら寒くなった。

「ひどくうなされていたよ。喘《あえ》ぎ声に似ていたから淫夢《いんむ》かとも思ったが、もしや当っているかな？　ひひっ」

瑠璃は思わず顔を引きつらせた。

——この爺《じじい》、あんたの鼾のせいで嫌な夢を見ちまったんだよ。

怒鳴りたい気持ちを抑えて笑顔を保つ。

「どんな夢かは、忘れてしまいんした。起こしてしまって堪忍《かんにん》え」

「私も夢を見ていたんだ。瑠璃花魁、お前さんが出てきてね。驚いたことに、夢で今夜の続きをしていたよ。実にいい夢だった」

聞いてねえよ、と内心で吐き捨てながら、瑠璃は窓の方へ向かった。伝次郎の隣に腰を下ろし、酒を注いでやる。本当は近寄りたくもなかったが、どうしても夜風に当たりたい気分だった。

窓からは月光が差しこんでいた。伝次郎は月明かりに照らされた瑠璃の横顔を、瞬《まばた》きもせずに眺めている。

「そんなに見つめられたら、顔に穴が空いてしまいんす」

瑠璃はくすくすと笑い声を上げた。きめ細かな肌には玉のような艶が浮かんでいる。

「ああ、瑠璃花魁、何て美しいんだろう。お前さんのような絶世の美女の旦那になれるなんて、心から幸せだよ。商《あきな》いを頑張ってきた甲斐があったなあ」

伝次郎は満足そうに破顔している。

「……光栄でありんす」

瑠璃は伝次郎の目が血走っているような気がして、さりげなく目をそらした。

客の選り好みが激しい瑠璃が、不気味と感じる伝次郎に愛想よくするのには理由がある。七夕《たなばた》の大紋日《おおもんび》が近いのだ。

吉原では事あるごとに季節にあわせた紋日を設定し、普段よりも高額な揚げ代を請求するのが習いだ。遊女は気後れする客に対して手当たり次第に声をかけ、あの手この手で誘い出さねばならない。誰にも来てもらえなければ見世からねちねちと嫌味を言われることになるため、紋日に客をつかまえるのは気が重い仕事であった。

花魁である瑠璃には太い客が何人もいる。瑠璃が声をかければ喜んで財布の紐を緩める者たちばかりだ。しかし瑠璃は、悩みの数々に気を取られるあまり、七夕の大紋日のことをうっかり失念していた。この日の朝、遣手のお勢以に怒鳴られてやっと紋日が近いことを思い出したのだ。だが今から声かけをするにも遅すぎる。旦那衆もさすがに渋るだろう。そのため、馴染みになったばかりの伝次郎にやむなく頼むことにしたのだった。

「天下の花魁、江戸一の女と謳《うた》われるお前さんに会うのは、なかなか大変だったんだぞ。色んな伝手《つて》を辿ってやっと登楼できた。だが馴染みになっても、お前さんは忙しすぎてやはり会えないというじゃないか」

伝次郎はため息をついた。瑠璃も寂しそうに眉を下げる。

「それはわっちだって……ねえ、伝次郎さま」

「うん？」

言うと、伝次郎の袂《たもと》を握った。伝次郎は首を傾げて瑠璃の瞳を見つめる。

「五日後の夜なら、空いていんす。だから、その」

半端に言いかけてから、目を潤ませて伝次郎を見た。白く細い指が、袂を頼りなさげにつかんでいる。

伝次郎は顔をこれでもかとほころばせた。

「そう、そうか。皆まで言わずともわかったぞ。五日後にまた来よう、約束だ」

と、瑠璃の手を力強く握る。

瑠璃はいかにも嬉しそうに目を細めた。五日後が大紋日であることは、もちろん言わない。勘定の際に金額を聞いて騒がれようが、知ったことではなかった。嫌ならもう来なければいい話であり、そのようなことで文句をつける男は花魁の客として不適格。遊女には、こうした強《したた》かさも必要なのだ。

何も知らない伝次郎は喜びを隠せない様子で、もぞもぞと座りなおしている。帯の上にでっぷりとのった腹の肉が、伝次郎の動きにあわせて揺れた。

「さっきも気になったんですが、その足、いかがされたんです?」

瑠璃は伝次郎の足を見て問うた。立膝をしてあらわになった伝次郎の足首には、晒《さら》しが巻かれていた。

「ああ、これかい。情けないことに、梯子《はしご》から下りる際にくじいてしまったんだ」

伝次郎は照れたように首筋をさすると、話題を変えた。

「来月には俄が始まるね。今年はあの椿座が来るそうじゃないか。きっと人の入りもすごいんだろうなあ。それに、白無垢道中も。今まで通っていた岡場所の類《たぐい》にはそういう行事がなかったから、わくわくするよ。お前さんも参加するのだろう?」

伝次郎は瑠璃に満面の笑みを向ける。一方で瑠璃は、伝次郎に聞こえぬように長息をついていた。

椿座のことも、白無垢道中も、瑠璃にとっては触れてほしくない話題だ。なぜこの男は神経を逆撫でするようなことばかり言えるのかと、感心すらした。

「いえ、わっちは出ないつもりなんです。体の具合がどうにも悪くって、長い道中でふらついてはいけんせんから、残念ですが辞退しいす」

苛々する心境を隠し、にっこりと微笑み返す。

昨年の白無垢道中で起こった事件のことを思うと、瑠璃はどうしても参加する気になれなかった。体裁を気にする幸兵衛は立腹していたが、何と言われようとも承諾するつもりはない。

ただ、黒羽屋にも大見世の面子というものがある。瑠璃は後日開かれる吉原の会合に幸兵衛とともに出席し、辞退の理由を説明せねばならなかった。

会合には大見世が三軒と、大見世に準ずる格式をもつ中見世が五軒、それぞれの楼主が一堂に会す予定だ。瑠璃は会合のことを思うと憂鬱《ゆううつ》で仕方なかった。

「そんな、晴れ姿を楽しみにしていたのに」

伝次郎は残念そうに下を向いていた。

「扇屋の花扇に加えて、玉屋の花紫までいなくなって。その上お前さんまで出ないんじゃつまらないよ」

「ああ、〝四君子が菊〟の花紫さんも……そういえば、そうでしたね」

瑠璃は小耳に挟んだ遊女たちの噂話を思い出した。

十日前、吉原からまたも花魁が消えた。四君子の一人、花紫が、客とともに失踪したのだ。客は花紫の間夫であったため、駆け落ちだろうと噂されていた。

楽しみが半減してしまった伝次郎は、出窓に頬杖をついてすねている。

「丁字屋の雛鶴だって出ないかもと聞いたし、このままじゃ四君子は松葉屋の瀬川だけになってしまうよ」

「あら、雛鶴さんまで？　それは初耳でありいすが」

小首を傾げる瑠璃に、伝次郎はどこかはっとした様子だった。

「あっ、いやいや、これも噂だよ噂……おや、こんな夜更けに何だろうか」

不意に尋ねられ、瑠璃も外へと目をやる。

吉原には、まだぽつぽつと灯りがついていた。月明かりに浮かぶほのかな赤色の中に、動く者の影。

二人の男が、むしろをかけた戸板を運び出すところだった。

吉原のまわり、山谷《さんや》堀《ぼり》にかけては、かわたと呼ばれ虐《しいた》げられた者たちが小屋を建てて住んでいた。彼らは人通りの絶えた真夜中になると吉原に呼ばれ、遊女の死骸を外へ運び出す。死骸は大門から出ることを禁じられているため、裏の跳ね橋を使って南の西方寺《さいほうじ》か北の浄閑寺《じょうかんじ》に投げこまれるのだ。見世からの厚い供養など皆無であった。

――今日もまた、誰か死んだんだな。

むしろからのぞく遊女の肌にはやまももの実に似た発疹《ほっしん》がいくつもでき、腕はぼろぼろに腐っていた。

「あれは瘡毒《そうどく》じゃないか。そうだろう、花魁？」

伝次郎が興奮したように言う。場違いともとれる声の調子に、瑠璃は思わず眉をひそめた。

吉原で蔓延《まんえん》していた病に、瘡毒があった。情事によって感染し、やまもものような発疹が全身に現れ毛髪が抜け落ちる。遊女が若くして亡くなる最大の原因が、この病である。

売れっ妓であれば、吉原の外にある寮で出養生をさせてもらうことができる。症状が治まると色白になり、妊娠しにくい体になるため、遊女として一人前になったと妓楼から喜ばれた。しかし下級遊女は行灯部屋に捨てられるようにして、大した治療もしてもらえないまま、病が進行してしまうのが常である。

死骸は浄念河岸《じょうねんがし》の方向から来たようだった。戸板を運ぶ二人はまわりの視線から身を隠すように、ひそやかに遠ざかっていく。

「瘡毒は確か、花柳《かりゅう》病とも呼ばれるんだったな。いいなあ、一流の花柳客の証じゃないか」

伝次郎の発言に、瑠璃はさすがに嫌悪感を隠しきれなくなった。

「病になることが、うらやましいのでござんすか？」

「ああ。だって、酔狂も粋のうちだろう？」

含みのある瑠璃の言葉は、伝次郎には通じなかった。

瑠璃は閉口し、通りの向こうへと小さくなっていく人影を、暗い気分で見送った。

「はいこれ、今日の文《ふみ》ね」

「ん」

瑠璃は高速で筆を動かしながら、栄二郎から文の束を受け取った。畳の上に束を乱雑に置く。右手で筆を握りながら、払うように束を崩して送り手の名前に目を走らせる。

「しまった、仁蔵《にぞう》の若旦那に返事を書くの、また忘れてた。喜一《きいち》さまのは後でもいいか、どうせよくわからん歌をだらだらとつづってるだけだろ」

てきぱきと優先順位をつけて文机《ふづくえ》に向かう瑠璃を、栄二郎はまじまじと見つめた。

「ねえ、花魁。もしかして寝てないの？」

「何だよ、藪から棒に」

栄二郎は自分の目の下を指し示した。

「だって、くまができてるよ」

「ああ、客の鼾がうるさいせいさ。心配すんな」

瑠璃はさらりとごまかした。

津笠の悪夢は昨年の暮れから続いていた。毎回細かい内容は違うが、暗闇に立つ津笠は俯いて喋らず、最後には恐ろしい形相を見せて恨み言を連ねる。瑠璃は以前なら一度寝たらなかなか起きられないくらい寝つきがよかったが、悪夢を恐れ、今では目を閉じるのすら億劫《おっくう》になっていた。

津笠に対する回向《えこう》が足りないのだろうかと、瑠璃は長い間悩んでいた。だが、それを誰かに話す気にはなれなかった。

ふうん、とつぶやいて、栄二郎は遊女たちに渡す文の束を確認している。と、思い出したように中から一通を取り出した。

「そうだ、これも。他の見世からの文みたい」

「は？　どこの見世だい」

瑠璃は不審そうに文を受け取る。他店の遊女から文が届くことなど初めてだった。

文の表には「通ふ神」、裏には「丁字屋、雛鶴」とある。

「雛鶴さんって、〝四君子が竹〟って呼ばれてる人だよね。何て書いてあるの」

「うげ。こりゃ、ちと厄介なモンが来ちまったねえ」

瑠璃は文を開くなり眉間に皺《しわ》を作った。栄二郎が興味津々で瑠璃の横に座り、文をのぞきこむ。書かれている内容を読むや、裏返った声を出した。

「ええっ、伝次郎の旦那、雛鶴さんのお客だったの」

「あの野暮天、よりにもよって呼び出し昼三《ちゅうさん》に二股かけるたあ、ふてえ輩《やから》だ。いい根性してやがる」

雛鶴からの文には、伝次郎は自分の馴染み客である、ということを知らせる内容がしたためられていた。

格式を重んじる見世において、敵娼《あいかた》がいながら他の妓楼《ぎろう》に通うことは暗黙のうちに禁じられている。客が浮気をしていることに気づいた際には相手の遊女に知らせ、登楼を断るよう仕向けるのだ。それでも客が浮気相手のもとに通うようなら、妹女郎を総動員してとっつかまえ、髷《まげ》を切ったり顔に落書きをしたりして廓中のさらし者にするのが習わしだった。

「大変だ、楼主《おやじ》さまにも知らせなくっちゃ。でも花魁のお客だって他の見世に通ってるよね。それは放っといていいの？」

「藤十郎《とうじゅうろう》の旦那か？　いいの、いいの。わっちとしては止める理由も特にないし、好きにすりゃいいと思うんだがね」

浮気を禁ずる掟は、妓楼が互いに利益を出し、牽制《けんせい》しあうためにある。だが瑠璃は、互いに本気の相手ならともかく、そうでない者同士が偽りの夫婦を気取るなど馬鹿馬鹿しいと考えていた。浮気を咎《とが》められるのも華、という粋の概念は、瑠璃にとっては滑稽《こっけい》でしかなかった。

栄二郎は、なるほど、と訳知り顔で頷いている。

「栄。お前さ、どうして浮気を文で知らせるような、まわりくどいことをするんだと思う」

「そりゃあ相手の遊女にも知らせて、一緒にとっちめなきゃと思うからでしょ」

瑠璃はにやりと笑った。

「とっちめるのは旦那だけか」

「え？」

不思議そうに首をひねる栄二郎に、瑠璃は文の表を見せた。

「この〝通ふ神〟ってのは、相手に滞りなく文が届くように、っていう遊女のまじないさ。じゃあお前、まじないってどう書くか知ってるか」

まごついている栄二郎を尻目に筆を取り、さらさらと文字を書いてみせる。

「口が二つに、床几《しょうぎ》の几。これで呪《まじない》だ。でもね」

横にもう一度、筆を滑らせる。

「これもまじないと読むんだよ」

「呪い……」

栄二郎はごくりと唾を飲みこんだ。片や瑠璃は意味深な笑みを浮かべている。

「まさか、雛鶴さんが花魁に呪いをかけようとしてるって言いたいの？　何でそんなこと」

「浮気の相手もどうにかしてやりたいと思うのが女心さ。むしろ怒りの主な矛先は、女に向いてるモンだよ。何せ商売敵も同然なんだから」

瑠璃は雛鶴からの文を改めて開くと、紙の上に傾ける。短く切った髪の毛が一本、文の中から滑り落ちた。

栄二郎は目を白黒させて髪の毛に見入っている。

「多分、自分の髪に呪いをこめたんだろうね。わっちには効きゃしないのにご苦労なこった」

瑠璃は遊女のまじないについて、栄二郎に説明してやった。紙で折った蛙《かえる》の背中に客の名前を書き、針を刺して隠しておくと客が登楼してくるまじない。男を懲らしめたい際、一物《いちもつ》を紙に描いて土鍋で炒《い》ると使いものにならなくなるまじない。

栄二郎は土鍋の件《くだり》で股間を密かに押さえ、青ざめていた。

「でも花魁は悪くないのに。伝次郎の旦那に敵娼がいたなんて、知らなかったんでしょ?」

「知ってた、知らなかった、なんて関係ないんだよ。女が憎むのは、男じゃなくて相手の女。男が羽振りのいい上客ならなおさらだ。事こういうことになると、女ってのは複雑怪奇、陰気で厄介、怖あいモンさね」

廓で生活していれば、浮気をされて怒り狂う遊女の姿を見ることはざらにあった。傍から見れば心で裏切ったのは男だとわかるものの、「客の横取り」をされたことにばかり、気が行ってしまうのだ。

「女の人って大変なんだねえ。ところで花魁、それどうするのさ」

「まずはしきたりどおり、あのでかっ鼻の爺をとっちめにゃならん。でもこの文は、どうするかなあ。呪い返しでもするか」

「の、呪いを返すのっ？」

栄二郎はぶるっと身震いした。

呪いは、相手に気づかれないようにかけねばならない。相手に悟られると、術者に何倍にもなって返される危険があるからだ。呪う行為には代償がつきものであった。

「雛鶴さんてば、わっちが阿呆面して気づかないとでも思ってるんだろうねえ、ふふふ」

不穏な笑い声に栄二郎は慌てふためいた。

「怖いよ花魁、やめなよ。花魁みたいな人が呪いを返したら、雛鶴さんどうなっちまうことか。確か雛鶴さん、最近まで鳥屋《とや》についてたんだよ。可哀相じゃないか」

「鳥屋に?」

瑠璃は笑うのをやめた。

瘡毒に罹って養生することを、廓では「鳥屋につく」といった。養生する姿が、鳥屋にこもって冬毛に変わるのを待つ鷹《たか》に似ていることが由来である。

「そもそも悪いのは旦那じゃないか。浮気なんてしなけりゃ、雛鶴さんだってこんなことしなかったんだから。ねえ、気づかないふりしたげようよ」

栄二郎は懇願《こんがん》するように瑠璃の目を見つめる。と、瑠璃は白けた様子でため息をついた。

「冗談だよ、冗談。呪い返しなんて、わっちが本当にするとでも思ったかえ」

「思った」

間髪を入れずに返されて、我知らずうめき声が漏れる。怖がりな栄二郎をからかったつもりが、思わぬ反撃を食らってしまった。

「しねえよっ。しなきゃいいんだろ、ちくしょうめ」

自棄《やけ》になって吐き捨てる。栄二郎はいい意味でも悪い意味でも、瑠璃に容赦がないのだった。

「そっか、ならよかったあ。じゃあおいら、楼主さまに文のこと伝えてくるねっ」

栄二郎は頑是《がんぜ》ない笑みをこぼしながら、ばたばたと部屋を去っていった。

「なあにが、よかった、だよ。一番怖いのはお前だっての」

瑠璃は疲れた顔でぼやくと、再び文机の前に座りなおした。


汗ばむような夏の暑さが訪れた。

夕暮れ時、蜩《ひぐらし》たちが風情ある鳴き声を吉原に響かせ、己が存在を訴える。

引手茶屋「山口巴《やまぐちどもえ》」の二階にある一室で、瑠璃は紫煙《しえん》をくゆらせていた。別室の広い座敷では現在、吉原の有力者たちによる会合の真っ最中だ。

瑠璃は白無垢道中に出ないことを出席者に説明し、詫びとして五丁町に百両を寄付することで折りあいをつけていた。

いくら大見世の花魁でも、遊女が百両もの大金を自前で用意するなど、まずもって不可能だ。瑠璃はここに来て初めて、黒雲の報酬をありがたいと感じていた。

道中の不参加さえ認められれば、会合で年寄連中につきあう義理もない。手水《ちょうず》に、と適当な嘘をついて別室で待機することにした。一緒に来ていた幸兵衛はまだ会合に参加しているので先に帰ることも憚《はばか》られ、こうして暇を持て余しているのだった。

窓辺に移動し、出窓に片肘をつく。誰哉《たそや》行灯の灯りが映りこむ瑠璃の瞳はどこを見るでもなく、吉原の景色を眺めている。

道行く人々が地上から優美な出で立ちをちらちら見上げては、言葉を交わしあっていた。

「浮気のごたごたが……そうだよ、雛鶴花魁と」

「男を取りあって、つかみあいの喧嘩をしたとか……」

瑠璃は羨望と好奇の視線を無視するように、朱色の空に向かって煙を吐く。

不意に、野次馬の関心は別の方向へと向けられた。つられて瑠璃もぼんやり視線を移す。

四君子が一人、丁字屋抱えの雛鶴が、行列を引き連れて仲之町《なかのちょう》を歩いてきていた。

「げっ、何で雛鶴さんまでここに？　あの人も会合に用があるのか？」

松毬《まつかさ》や銀杏《ぎんなん》などの吹き寄せ文様の仕掛に、二頭の鹿が向かいあう前帯。半歩先を悠然と見ながら、三寸の高下駄で外八文字《そとはちもんじ》を踏む。気怠《けだる》げな顔は血管が透けそうなほど白く、触れれば壊れてしまいそうな、儚《はかな》い色気を滲ませていた。

雛鶴は山口巴の玄関まで来ると、丁字屋の楼主、彦蔵《ひこぞう》とともに中に入った。そのうち二階の廊下を歩く複数の足音が、瑠璃のいる部屋にも届いてきた。

「いやあ、遅くなってしまって面目ない」

会合が開かれている座敷に彦蔵が入る気配がした。

「さあ雛鶴、ご挨拶なさい」

座敷の襖が閉まる音。どうやら雛鶴も座敷に入ったようだ。

耳を澄ませてみると、楼主たちの社交辞令じみた笑い声が聞こえてくる。会合が本格的に始まったらしい。一体どれほど長くなるだろうか。

「雛鶴さんも、爺どもに話すことがあんのかね……ま、何でもいいけどさ」

今晩の夜食は何を作ってもらおう、などと考えながら、瑠璃は長煙管をくわえた。

ここまで退屈するなら読本の一つでも持ってくるべきだったが、もう遅い。

「はーあ、暇だねえ。暇すぎる」

出窓から顔を背け、畳の上に仰向けに寝転がった。

しばらくしてから座敷の襖が開く音がした。廊下を衣擦《きぬず》れの音が通り過ぎていく。と思いきや、衣擦れの音は瑠璃のいる部屋の前で止まった。

「瑠璃花魁、こちらですか」

ささやくような女の声がして、瑠璃は慌てて体を起こした。

「あい、何ざんしょ」

返答を聞いて、襖が開く。

「雛鶴……花魁」

入ってきたのは雛鶴であった。瑠璃は驚いた。まさかこの部屋にやってくるとは思ってもみなかったからだ。

「瑠璃花魁も会合にいらっしゃると知って、ご挨拶をと思っていんした。ですが手水に行ったきり帰ってこないと聞きんして、茶屋のお内儀さんに尋ねたらここだ、と。お体の具合が悪いのですか」

「ええ、まあ、そんなところです」

雛鶴は後ろ手で襖を閉め、瑠璃に歩み寄った。その顔からは感情が読み取れない。

――何しに来たんだ、この女?

こっちはわざわざ避けていたのに、と瑠璃は身を硬くした。

「雛鶴花魁もいらしているということは、瀬川花魁もこちらに？」

できるだけ自然に話を振ってみた。が、雛鶴の表情は変わらない。

「いいえ、いらしていませんよ。どちらにせよ瀬川さんがこういう場にいらっしゃることはないでしょう。あの方、変わっていんすから」

抑揚のない声で答えると、雛鶴は瑠璃の正面で裾を払い、座りこんだ。

「瑠璃花魁。先だっては、大変なご迷惑をおかけしんした」

瑠璃は神経を尖らせた。

謝罪の言葉を口にした雛鶴だが、どことなく目が据わっている。

「いえ、とんでもござんせん。わっちこそ雛鶴さんのお客とはつゆ知らず、失礼なことをしてしまいんした」

伝次郎は、二人の遊女の協力により、不実を吉原中に暴露されていた。

七夕の大紋日、伝次郎は瑠璃から来るなと文を送られていたにもかかわらず、黒羽屋に鼻を膨らませてやってきた。かくして明け方になり大門をくぐろうとした際、待ち伏せをしていた雛鶴の禿によって伝次郎はつかまった。瑠璃が丁字屋へ遣いをやり、伝次郎の登楼を雛鶴に知らせていたのだ。

死んでも逃がすまいと袖や帯をつかむ禿たちに、伝次郎は何事かと混乱した模様だった。そこに雛鶴が現れて、伝次郎を丁字屋まで引きずっていき、二心《ふたごころ》を詰《なじ》ったのである。

伝次郎は、吉原における決めごとや儀礼をまだ熟知していなかった。初犯ということもあり、楼主の彦蔵は見世を買いきる惣仕舞《そうじまい》を伝次郎につけさせることで、雛鶴との仲をとりなした。伝次郎は怒り心頭の雛鶴を前に平謝りし、浮気騒動は片がついていた。

ただ、噂好きの江戸っ子にとっては、これだけで終わっては面白くない。そのうち、瑠璃と雛鶴が伝次郎を取りあって殴りあいの大喧嘩にまで発展したという、根も葉もない噂が流れてしまい、瑠璃は大いに迷惑していた。

「伝次郎さまったら遊び方も知らないまま、いきなり呼び出しに手をつけるんだから。ほんに成金というのは質が悪うござんすな」

「ええ、そのとおりで」

瑠璃は雛鶴の声に棘があるのを感じ、当たり障りのない相槌を打った。これ以上の面倒ごとはごめんだった。

雛鶴と対座しているのがどうにも落ち着かず、刻み煙草《たばこ》に再び火をつける。

「伝次郎さま、さすがにもう懲りたご様子でありんすが、たまに呆けたような顔で宙を見ているんですよ。まるで、誰かを想っているみたいに」

「まあ大変。お歳ですし、本当に呆けていらっしゃるのでは」

瑠璃は長煙管からのぼる煙をぼんやり眺めた。雛鶴はその態度が気に食わないらしく、さらに言葉を継いだ。

「丁字屋は中見世、ですが格は大見世と変わりいせん。遊女も一緒でありいす」

これまで挨拶くらいしか口を利いたことのない雛鶴が、なぜこうして話しかけてきたのか。瑠璃はやっと真意を理解した。雛鶴は浮気をされたことで、遊女としての矜《きよう》持《じ》を傷つけられたと思っているのだ。だからこそ、瑠璃に突っかかってくる。

瑠璃は些《いささ》か気分が悪くなった。雛鶴を陥《おとしい》れるつもりなどあるはずもなく、伝次郎とも大紋日が終われば切れようと考えていた。とんだとばっちりである。しかし遊女たちに冷たく当たられるのは慣れていたので、微笑を保ったまま煙管をくわえなおした。

「おっしゃることはごもっともです。けれど太夫の時代ならいざ知らず、格の本質がわかる殿方など今は少ないのでおざんしょう。大は小も中も兼ねるからと、頭の悪そうな理由で黒羽屋《うち》に来るお客も多いですから」

「え？」

雛鶴は訝《いぶか》しげに眉を寄せていた。

――しまった、またやらかしたか？

失言をしたかと考えあぐねていると、雛鶴はやにわに立ち上がった。裾を引きずり、瑠璃へとさらに一歩近づく。

瑠璃は戸惑いながら、雛鶴を座ったまま見上げる。

雛鶴は瑠璃の目の前まで来ると、すとんと座った。そして瑠璃の手首を乱暴につかんだ。

「あの、何でしょうか」

「頭の悪そうなって、あなたね……」

雛鶴は鋭い目で瑠璃を睨んでいる。本当につかみあいをしなければならないのかと、瑠璃は身がまえた。

「あなた、面白いじゃないのっ」

「……はい？」

雛鶴の頬はぴくぴく揺れていた。どうやら笑いを嚙み殺しているようだ。

「そんな風に毒を吐く遊女って、あんまりいないわよ」

「いや、そんなつもりじゃ」

「まさか素で言っちゃうの？　こんな綺麗な顔してるのに……なおさら面白いわ」

言うと、けらけら笑いだした。

瑠璃はわずかに身を引いたまま、口を半開きにしていた。

「大見世の一番だからってつけ上がってるんじゃないかと思ってたのに、何だか喧嘩を吹っかけるのも馬鹿らしくなっちゃった」

雛鶴は愉快そうに瑠璃の手を握りしめ、上下に揺らす。瑠璃は呆気に取られてされるがままだ。

「ねえ瑠璃さん、はっきり言って伝次郎さまのこと、どう思った？」

しばらくして、雛鶴はようやく瑠璃の手を解放した。瑠璃を敵とみなすのをやめたようで、かなり口調が砕けている。

変な女だ、と瑠璃は思ったが、雛鶴の声にはもう棘がなかった。

「どうって、遊女の寝顔で一杯やるお客は初めてだったから、何だこいつ、とは思いましたけど」

雛鶴は瑠璃の言葉がいちいち笑えるらしく、両手で口元を押さえている。

「やだ、瑠璃さんも？　わっちの時もね、夜中に気づくとそばで寝顔を見てるのよ。あれはぞっとしたわ」

「鼾はうるさいし、腎張《じんば》りだし、床花《とこばな》を直に渡してくるし」

わかるわあ、と雛鶴は大げさに同調する。

やがて笑い上戸が治まったのか、畏まったように瑠璃の顔を眺めた。

「瑠璃さん。噂されてたからもう知ってるかもしれないけど、わっち、一月前まで鳥屋についてたのよ。今日ここに来たのもそれが理由」

雛鶴は年寄連中に、瘡毒が治ったこと、白無垢道中に出られるということを証明しに来たのであった。

吉原をあげての特別な行事に、病人を出すわけにはいかない。発疹が少しでも残っていれば参加は許されないだろう。だが、雛鶴の肌からは綺麗に発疹が消え去っており、年寄連中もそれを認めたらしかった。

「そう、でしたか。わっちも吉原に来てから、瘡《かさ》に苦しむ女をたくさん見てきました。雛鶴さんもお辛かったことでしょう」

瑠璃は小さく言うと、煙草盆にコンコンと灰を落とす。

「わっちはきっと、運がよかったのね。こうしてまた衣裳を着て、仕事ができるようになったんだから」

雛鶴の表情には先ほどとは異なり、わずかな陰が差していた。

出養生から復帰できても、客足を取り返すのは大変な苦労である。伝次郎の羽振りのよさは雛鶴にとって頼みの綱だった。そんな折、伝次郎が瑠璃に浮気していることが発覚した。

「焦っちゃって。あなたに文を送ったでしょう。あれね、えっと」

「ああ、呪いがこもってましたね」

さも何でもないことのように言ってのけた瑠璃に、言いよどんでいた雛鶴は目を丸くした。

「気づいてたの？　その……何ともない？」

青くなっている雛鶴に、瑠璃はにっと白い歯を見せた。

「まじないなんて、かける側の気休めでしょう。ただ一応、知りあいに頼んでお焚《た》き上げ供養をしてもらったので、雛鶴さんにも何も起こりませんよ」

文の浄火は安徳に依頼していた。何も聞かず快く引き受けた安徳だったが、呪いを受けるような状況を案じているのは、顔を見ればわかった。

雛鶴は安堵したのか肩の力を抜いていた。

「本当にごめんなさい。たまたま別のお客と話している時に、あのまじないを教わって。出来心でついやってしまったの」

深刻な顔つきで謝る雛鶴に対し、瑠璃はけろりとした様子で長煙管に刻み煙草を詰めなおしている。

「気にしてませんよ。それより雛鶴さん、復帰したとおっしゃいましたが、本当にもう大丈夫なんですか」

雛鶴の顔は、薄暗くなった部屋の中に青白く浮かんで見えた。瘡毒の改善によって色白になるとは聞いていても、瑠璃はどこか不健康そうな印象を受けていた。

「ええ、出養生したらすっかりよくなって、今まで体が重かったのが嘘みたいよ。白粉を塗ると白くなりすぎちゃうのが困るけど」

雛鶴は屈託《くったく》のない笑みをこぼした。

「ただね、わっちと同時期に鳥屋についた姐さんは、瘡の発見が遅かったみたいで、駄目だった。一緒に復帰して頑張ろうって、励ましあっていたのに」

雛鶴の姉女郎である明山《あけやま》もまた、丁字屋の名妓として知られていたが、皮肉にも雛鶴の復帰と時を同じくして息を引き取っていた。

沈んだ声になった雛鶴を横に見つつ、瑠璃は黙って煙草を吸いこんだ。

「明山姐さんは死ぬ前、地獄から瘡をうつされたと言っていたわ」

「地獄?」

片眉を上げて聞き返すと、雛鶴は手を振った。

「閻魔《えんま》さまがいらっしゃる地獄じゃないわよ。最近になって流行《はや》りだした社交場のこと。確か、湯島《ゆしま》にあるのが話題だとか……知らない?」

雛鶴のいう地獄とは、江戸の各地に点在する売春形態の一種である。小料理屋の奥座敷や商家の二階を借りて、そこに客の好みそうな素人《しろうと》を派遣する。廓遊びに物足りなくなった者、反対に、廓遊びの前哨戦《ぜんしょうせん》として通う者が多く、地獄は繁盛していた。揚げ代も高額で、後家や町娘などにとっては手っ取り早く小遣いを得られるよい稼ぎ場だ。

だが、しっかりとした衛生管理をしていない場合がままあり、男女ともに病持ちが多かった。おまけにならず者が仕切っていることも少なからずあったので、遊客の間では危険な場所として知られているという。

「そんなけったいなモンが流行ってるとは、世も末ですね。しかし、何で地獄だなんてご大層な名前なんでしょう」

雛鶴の説明を聞いた瑠璃は、見るからに渋い顔をしていた。

身一つでできる商売は、簡単に見えても苦労や危険は並でない。色を売る仕事に縁がないのなら、それをありがたく思うべきだと、瑠璃は強く思った。なぜ堅気を自ら捨てるような真似をするのか、不思議でならなかった。

「さあ、名前の由来までは。吉原が極楽といわれるから、対抗しているのかしらね」

「瑠璃、ここか？」

部屋の外から瑠璃を呼ぶ声がして、二人は襖の方を見やった。

「まったく、こんなところにいたか。おや雛鶴花魁まで」

幸兵衛であった。

「勝手に抜け出したりして駄目じゃないか。早く戻りなさい」

口調は穏やかだが、目は瑠璃を険しく睨んでいる。

「えぇー、わっちがいなくたって別にいいじゃないですか。爺さま連中のご機嫌取りなんか嫌ですよ」

瑠璃は幼子のように膨《ふく》れっ面《つら》をする。つべこべ言わず来なさい、と言い置いて幸兵衛は戻っていった。

雛鶴もまた立ち上がっていた。

「はあ、何だかつい話しこんじゃったわ。そうだ瑠璃さん、よかったらわっちとお友だちになってよ」

「え、友……？」

瑠璃は目を瞬《しばたた》いた。雛鶴は袂で口を押さえ、くすくすと笑い声を漏らす。

「だって、あなたのこと好きになっちゃったんだもの。見世が違うと会いにくいけど、またお話ししたくて……ね、いいでしょう？」

雛鶴は晴れやかな顔をしていた。

瑠璃もまんざらでない様子で頷く。出会うきっかけこそ悪かったが、雛鶴の中に自分と通じあうものを感じていた。

天下の花魁と称される瑠璃に嫉妬や嫌悪の情を向けず、純粋な気持ちで接してくれる遊女は稀有《けう》だ。正確に言えば、これまでにたった二人しかいない。

交流の輪が広がったような気がして、瑠璃はどこかこそばゆく、胸が弾むような心持ちになった。

「あい。伝次郎さまの愚痴でも悪口でも、何でも聞きますよ」

瑠璃の返事を聞いて、雛鶴はまた愉快そうに笑った。

六

「次の任務地は牛込《うしごめ》です。六十代の老女が相次いで殺されているそうで、影のような子どもの目撃例も出ています。おそらく提灯小僧《ちょうちんこぞう》とみて、間違いないかと」

「ふむふむ。牛込とは、随分と遠いなあ」

「早めに動くようにとのお内儀さんからのお達しですが、さすがに大紋日である仲《ちゅう》秋《しゅう》の名月《めいげつ》は見世を休むわけにいきません。ですから決行は明後日にしましょう」

「なるほど。花魁をしながら江戸の平和を守るため鬼と戦うとは、これ天晴《あっぱれ》の極みかな」

「生き残っている老女は四人しかいませんから、俺たち四人で各家を張ります。花魁は四つの地点の中間で待機。異変があれば土笛を吹いて知らせます。全員、笛が鳴り次第そこに集合するように」

「ほほう？　錠吉とやら、なかなか頭が切れるな。あっぱ……」

「天晴じゃねえっ」

瑠璃は声を張り上げた。

「こま、お前な、仕事の時は来ないって約束を忘れたか？　大事な話なんだから外せっ」

昼見世を終えた、瑠璃の座敷。黒雲の五人が輪になった真ん中には、灰色の狛犬が鎮座していた。権三は困り顔で笑っている。

「す、すまぬ。だが花魁どの、さっき西の開運稲荷《かいうんいなり》に老婆《ろうば》がやってきてな、このあんころ餅《もち》を置いていったのだ。花魁どのはたらふく食うから、気に入ると思って」

「だ、か、ら。そういうのは置いてったんじゃなくてお供《そな》えしてるの。お前が勝手に持ってきちゃ駄目なの。わかるか？　あぁん？」

瑠璃は厳しい顔でこまを睨んだ。

吉原には小さな社が点在している。大門の手前に位置する玄徳稲荷《よしとくいなり》、廓内の四隅には北の榎本稲荷《えのもといなり》、東の明石稲荷《あかしいなり》、西の開運稲荷、南の九郎助稲荷《くろすけいなり》。五つの社は吉原に住まう者たちに丁重に扱われ、人々の暮らしに寄り添っていた。

狛犬の付喪神、こまは、五つの社を寝床に転々としては、頻繁に瑠璃の部屋へ遊びに来ていた。吉原の社に祀《まつ》られているのは稲荷神《いなりのかみ》、つまり狐である。そこに狛犬がいては怪しまれるだろうと瑠璃は苦言を呈したが、こまは聞く耳を持たなかった。

「これって、伊勢《いせ》竹村《たけむら》の新作じゃない？　ほら、うぐいす豆を使ったやつ、花魁も食べたがってたでしょ」

双子の兄弟は目ざとく包み紙の文字を見てとった。

「そんな怒るなよ。こまだって瑠璃が喜ぶと思って、つい持ってきちまったんだから。あ、ついでにおいらにも一つくれよ」

「お前らは菓子を食いたいだけじゃねえか。こま、配らんでいいっ。あのな、忠義心に厚いのはいいが、これじゃ婆さんが可哀相だろ。お稲荷さんに間借りさせてもらってるのに泥棒までして、また追い出されたって知らねえぞ」

こまは毎度、社の供え物を土産にと持ってきていたのだ。目を三角にして怒る瑠璃に、ぴんと立っていた狛犬の尾は次第に下を向いていった。

「ううっ。前にいた神田明神と雰囲気が似ているから、社の中なら落ち着いて眠れるのに。あそこまで追い出されたら、拙者、また根無し草に戻るしかないのだ」

しょんぼりうなだれる狛犬の頭を、権三がぽんぽんと撫でてやった。手にはちゃっかりあんころ餅をのせている。錠吉と双子も、いつの間にやら菓子を受け取っていた。

「まあまあ、こまも反省しているようですからその辺で。こま、もう勝手に持ってきたりしないよな」

「うむ。そち、権三といったな。かたじけない、この恩は一生忘れぬぞ」

「はは、大げさだなあ」

どことなく自分が悪者にされた気がして、瑠璃は倦《う》み疲れたように鼻の付け根を揉んだ。

「むむ？」

権三や双子に撫でられて尾を振っていたこまは、垂れた耳をぴくぴくと動かし、窓の方を向いた。

妓楼の外は、普段とは異なるお囃子の音、人々がはしゃぐ声であふれていた。夏の目玉行事、俄が始まっていたのだ。江戸の女たちも通行証である切符を手に、吉原を訪れていた。

葉月の間、晴天を選んで行われる俄は、人寄せにもってこいの祭である。女芸者の踊りや、幇間の狂言もどき。角兵衛獅子《かくべえじし》は曲芸を披露し、笛や太鼓が賑々しく盛り上げる。七福神が乗った宝船、五人官女が並ぶ引台など、様々な趣向を凝らした山車《だし》が引かれ、吉原中を練り歩く。

だが、今年の俄における人々の一番の目当ては、四百人にものぼるお囃子行列ではない。椿座の山車である、
こまは楽しげな声に惹かれ、出窓へ飛び乗っていた。

「おお、あれが俄とかいうやつか。何とも賑やかで楽しそうなのだ、拙者も近くで見ようっと」

「あっ。おい待て、こまっ」

瑠璃は慌てて狛犬の尾をつかもうとしたが、こまは瑠璃の手をすり抜けるようにして外に出ていってしまった。狛犬の後ろ姿が屋根を伝って遠ざかっていく。

群衆の中にいる男が一人、こちらを見上げそうな素振りを見せる。それに気づいた瑠璃は咄嗟《とっさ》にしゃがみこんだ。

「なあ今、屋根の上に何かいなかったか？」

「は？　何かって何だよ」

「いや、犬っころみたいな……」

「馬鹿な、それを言うなら猫だろ。それよりほら、もうすぐ来るぞ」

地上の会話に耳をそばだてていた瑠璃は苦い顔をした。

「まずいな、これじゃ騒ぎになるのは時間の問題だ」

今は俄の熱気で気をそらせているが、動く狛犬をはっきり認識されてしまえば、吉原中が混乱に陥りかねない。

「もし騒がれたら、狛犬じゃなくて〝でかい狆《ちん》〟だとごまかすしかないか……いや、できれば騒がれる前に見つけねえと」

瑠璃は急いで立ち上がった。乱暴に前帯を解いて仕掛を脱ぎ捨て、単衣《ひとえ》姿になる。簞笥《たんす》に駆け寄ると、中から紫の御高祖頭巾を引っ張り出した。

「瑠璃、探しに行くのか。おいらたちも行くよ」

菓子を飲みこみ、豊二郎も立ち上がろうとする。

「お前ら双子は、楼主さまに遣いを頼まれてんだろ。権さんは？」

「すいやせん、実は夜見世の仕込みがまだ……」

権三にやんわり断られた瑠璃は、口を尖らせて錠吉を見やった。

今までなら困った時はいつも、真っ先に錠吉に頼みごとをしてきた。が、今は錠吉と二人になって気まずい空気が流れるのが嫌だった。瑠璃の複雑な心境に反して、錠吉はすっと立ち上がった。

「俺が行きましょう。これだけの人が集まっていますから、お一人で行かせるわけにはいきません」

瑠璃はこっそりとため息をついた。そして腹をくくったように、錠吉と二人そろって部屋を後にした。

黒羽屋がある江戸町一丁目は、大変な混雑になっていた。女たちの嬌声《きょうせい》が波のように広がってくる。押しあいへしあいする人混みの中に、頭巾を被った瑠璃の存在に気がつく者はいなかった。流れに逆走しているため錠吉とはぐれそうになり、瑠璃は腹立たしげに人の波を掻き分けた。

「ちっ、進めやしねえ」

「花魁、こちらです」

錠吉が差し伸べた手をつかんだ時、通りにはさらに大きな歓声が広がった。

瑠璃は歓声の先を見返った。

その目に映ったのは、椿座の役者衆をのせた巨大な山車だった。

山車は二階建てになっており、下で楽器の伴奏、上で役者衆が演技を披露できる造りになっている。

侍女や腰元に扮した役者たちが息のあった所作を見せ、山車の端へと移動していく。霞《かすみ》が晴れるようにして、中央に一人の女形が姿を現した。

瑠璃の顔は強張った。

天下の女形、惣之丞。流水《りゅうすい》に紅葉《もみじ》、尾長鳥《おながどり》の単衣をまとい、梅の花簪を頭にのせた優美な姿は、本物の姫君にしか見えない。

「更科姫《さらしなひめ》……父さまが、好きだった……」

「花魁？」

錠吉は、瑠璃がその場で固まっているのに気づいて足を止めた。繋いだ手には知らず知らずのうちに力がこめられている。

瑠璃の目は、縫い止められたかのように惣之丞を凝視していた。

「更科乱舞紅葉隠《さらしなかくるるくれはまい》」は、椿座の先の座元、惣右衛門が考案し、椿座でしか演じられないことで有名な演目であった。

将軍、平維茂《たいらのこれもち》が戸隠山《とがくしやま》で紅葉狩《もみじがり》を楽しんでいると、先にいた高貴な風貌の姫君一行から酒をすすめられる。酒を受ける代わりにと姫の舞いを望んだ維茂に、更科姫は恥じらいながらも華麗な舞いを舞ってみせる。しかし美しき姫君の正体は鬼女であり、気が緩んだ維茂に襲いかかるという内容だ。

元は能の一曲に着想を得た演目だが、能を歌舞伎で真似することは許されていない。幸運なことに、能に縁深い有力大名が惣右衛門の案を気に入り、椿座を特別に庇護したのだ。「更科乱舞紅葉隠」は椿座だけのお家芸に、なおかつ更科姫は惣右衛門の息子、惣之丞の十八番《おはこ》となった。惣右衛門は生前、息子の幽美なる舞いを絶賛していた。

歓声が鳴り響く中、惣之丞は檜扇《ひおうぎ》を開いて顔をわずかに隠し、観客に向かって流し目をしてみせる。そして演奏にあわせ、舞いを始めた。

〽信濃路《しなのじ》にその名も高き戸隠の山も時雨《しぐれ》に染めなして

絢爛《けんらん》豪華な単衣の裾も、手にした檜扇も、辺りを包む空気まで、すべて一瞬にして惣之丞の支配下となった。惣之丞が空を仰ぎ見れば陽が当たり、哀しげに俯けば冷たい風が吹くような錯覚を、見ている者たちは覚えていた。まるでこの世の一切が、惣之丞の舞いを美しく彩るためにあるかのようだ。

心を奪われてしまった観客たちの中で、ひとり瑠璃の心にはさざ波が立っていた。曲調が微かに変わったのを感じて、山車に背を向ける。

「行こう、錠さん。もうすぐ鬼女への早着替えだ。一番の見せ場だから、見物人の騒ぎも今の比じゃなくなる」

「え、ええ……」

思わず舞いに見入っていた錠吉は、夢から引き戻されたように瑠璃を見つめた。すぐそこにいる美しき女形こそが、瑠璃を吉原に売った男であるという事実が、脳裏を掠める。

俯いた瑠璃の表情は、頭巾に隠れてよく見えない。錠吉もそれ以上は何も言わず、瑠璃に寄り添いながら人混みを離れた。

二人が去ってから間もなく、山車のある方角から、割れんばかりの歓声が響き渡った。

「こまの奴、どこまで行ったんだ。こんなに探してるってのに人騒がせな」

瑠璃は辺りを見まわしながら言った。人通りの少ないこの道にはお囃子行列がなく、鳥獣の面をつけた芸人たちが数人、おどけた芸を見せて見物人を笑わせている。

こまがいそうな場所を探すうちに、いつしか吉原の端まで来てしまっていた。今のところ、動く狛犬は騒ぎになっていないようだ。

錠吉も屋根の上や狭い隙間を見つつ首を振る。

「ここにもいませんね。榎本稲荷の方を見てきます」

「わかった。わっちはお歯黒どぶ沿いに探すから」

錠吉と二手に分かれ、瑠璃は裏茶屋が並ぶ通りを走った。

「あんにゃろ、一応は人目を避けて移動してるみたいだけど、そういうことじゃねえんだよなあ。妖としての自覚をもう少し持てっての。見つけたら今度こそきつく言わねえと」

裏通りを進むにつれ、人とすれ違うことはなくなった。瑠璃はぶつぶつ文句を垂れながら暗い小道をのぞきこむ。と、道の先に、灰色の尾が見えた。

「いたっ」

こまが瑠璃の声に振り返る。憤怒の形相で走ってくる花魁を見て、狛犬は震え上がった。

「花魁どの、怖いのだっ」

こまは小道のさらに奥まで逃げようと駆けだす。

「てめ、待ちやがれ。今なら怒らねえから」

「絶対に嘘だあっ」

おびえた狛犬を追いかけ、瑠璃も小道の奥へ入りこむ。

その時、建物の陰から手が伸びてきて瑠璃の口をふさいだ。肩にも手がまわり、暗がりへ引きずりこむかのように力がこめられる。

「……っ」

「花魁どの？」

こまが事態に気づき、威嚇《いかく》するように吠える。

突然のことで動転した瑠璃は、何者かの手から逃れるべくもがいた。肘を相手の脇腹に叩きこもうとするや、瑠璃を捕らえていた手はあっさり離れた。御高祖頭巾が脱げ、地面に落ちる。

「おっと、馬鹿力は相変わらずだね」

瑠璃は勢いよく振り向いた。

狐の面をつけた女が、瑠璃を見下ろしていた。紺地に白と赤が鮮やかに開いた番傘の羽織をまとった女は、やたら長身だ。声は澄んで艶《なま》めかしく、耳にねっとりと絡みつくような響きを持っている。

瑠璃は女の声を耳にするなり、見る見る凍りついていった。何かを言おうとした矢先、背後から錠吉の声がした。

「花魁、ここでしたか。こまは榎本稲荷にもいませんで……」

そばまで駆け寄ってきた錠吉は、吠える狛犬と瑠璃の表情を見るや、ただならぬ空気を感じて立ち止まった。瑠璃と向かいあっている狐面の女に目をやる。

「花魁、その方は」

瑠璃は答えなかった。眉根を寄せ、固く引き結んだ唇が微かに震えている。

狐面の女は二人のやり取りを見て、後頭部に手をやった。

「ああ、ごめんよ。驚かせるつもりはなかったんだけど」

言いながらゆっくりと面を外す。

面の裏に隠された顔を目にした瞬間、錠吉ははっと息を呑んだ。

「あなたは……惣之丞？」

美貌の女形が、瑠璃を奥ゆかしい瞳に留めていた。紅にまばゆく光る口角を上げ、ゆったりと微笑む。理知的な二重の目尻はやや上がり、恐ろしく整った顔立ちをしていた。

「久しぶりだね、ミズナ。今は瑠璃花魁、だっけ」

惣之丞は瑠璃の頭のてっぺんから爪先までを眺めた。

「立派な衣裳を着ているね。美しさがさらに磨かれたようだ」

思いもよらぬ再会に硬直していた瑠璃は、ようやく口を開いた。

「何でてめえがここにいるんだよっ。どの面さげてわっちに話しかけてきてるんだ」

瑠璃の怒声はいつにもまして低く、荒々しかった。辺りの空気が一気に張り詰めていく。吠えるのをやめたこまは、おそるおそるといった様子で瑠璃のそばに立ちすくんでいた。

「他の役者に場を繋いでもらってるんだ。皆が見たいのは更科姫の舞いだしね。山車の上からお前の姿が見えた気がして、まさかと思って……」

「とっとと消えろ。今さらわっちに用なんてないはずだ」

唇をめくり上げて怒鳴る。対する惣之丞は落ち着いていたが、面差しには沈んだような色が浮かんでいた。

「娑婆《しゃば》でも千両、吉原でも千両、か。お前は本当にすごいよ。かなわないな」

「娑婆でも？」

錠吉は自然と口を挟んでいた。

「何だ、話してなかったのかい。お兄さん、この子の本当の名前はミズナというんだ。大川を流れてきた時、唯一覚えていたのが自分の名前だった」

瑠璃という名は、幸兵衛がつけた源氏名である。今まで誰も瑠璃の本名を知らなかった。

惣之丞は錠吉を見て静かに告げた。

「でも、もう一つ名前があってね。惣右助、という名を知っているかな」

眉を寄せつつ話を聞いていた錠吉は、途端、惣之丞の発言の意味を察して目を見開いた。

片や惣之丞は錠吉の様子を見てとり、軽く首肯する。

「そうさ。この子は芝居小屋に立つ、千両役者だったんだよ」

予想だにしていなかった事実だった。瑠璃からは、椿座で下働きをしていたとしか聞かされていなかったからだ。

「しかし、役者になれるのは男だけだ。ご禁制に触れるでしょう」

風紀の問題から、女役者は処罰の対象に入っている。花魁として名を馳せる瑠璃が、かつて男にまじって舞台に立っていたなど、とても信じられなかった。

「俺たちの親父、惣右衛門という男は変わり者でね。戯れに十歳だったミズナを、立役として舞台に出してみようと言いだした。一度だけのお遊びのつもりが、大評判になっちまって。後に引けなくなって、次男として正式に売り出したのさ」

「椿座の次男、惣右助……確か、四年前に急死したという」

言いながら、錠吉はあることに気がついた。

瑠璃が黒羽屋に売られてきたのも、同じ四年前だった。惣右助が死んだ時期と一致するのである。

「花魁、本当なんですか」

錠吉は強い口調で瑠璃に問いかける。瑠璃はこめかみに青筋を立て、地面を忌々しげに睨んでいた。

「まさか……」

無言こそが肯定の証と悟り、錠吉は口をつぐんだ。

瑠璃が吉原に来た時点で様々な教養や芸事をものにしていたのは、役者としての経験があったからこそ。任務の際に必要な剣術も、元は舞台に立つため会得したものであった。

錠吉は、惣之丞へと向きなおった。

「なぜ、吉原に連れてきたんです。義理でも妹でしょう」

顔には静かな怒りが漂っている。惣之丞の態度は物腰柔らかに見えたが、身内を売るような男には違いない。錠吉はいかにして瑠璃に陳謝させようかと思案していた。

「やはり怒っているんだな、ミズナ。お前にどうしても詫《わ》びたくて、だから追いかけてきたんだ。今までは会う意気地がなくて……悪かった。本当に、すまない」

艶やかな女の声が低い男の声音に変わり、細かく震えた。惣之丞は沈痛な面持ちを浮かべていた。

予想外の反応に錠吉は言葉を引っこめた。瑠璃も顔を上げ、眉をひそめて惣之丞を見つめている。

惣之丞は何事か言いあぐねているようだった。こまが瑠璃と惣之丞を見比べ、小さく鼻を鳴らす。妖にも空気の悪さが伝わっているらしい。

「あの頃、俺は博打《ばくち》にのめりこんでいた」

やがて言葉を迷わせながら、惣之丞は懺悔《ざんげ》を始めた。

「賭けごとは男の格を上げると自分に言い聞かせて、気づいたら借金で首がまわらなくなっていた。借金取りにつけまわされて、終いには芝居小屋を焼くぞと脅されてさ……親父が死んだ時、悲しむお前の綺麗な顔を見て魔が差したんだ。やむをえないと、思ってしまった」

惣之丞の目尻に差された紅が、うっすら滲んでいく。艶美なる女形の風格はすっかり鳴りを潜めている。

瑠璃たちの前にいるのは、ただの弱々しい優男《やさおとこ》だった。

錠吉も瑠璃も、虚を衝かれたように黙っていた。惣之丞はそれを無言の怒りととったようで、小さくかぶりを振った。

「こんな言い訳なんか聞きたくないよな。お前にしてしまった仕打ちはもう、なかったことにできない。どうかしていたと今になって思うよ。酒井《さかい》の旦那にも殺されそうになったさ」

「酒井の旦那とは？」

錠吉が尋ねると、惣之丞は洟《はな》をすすった。

「椿座に来てた常連だよ。お名前は忠以《ただざね》さまとおっしゃる」

「酒井忠以ですって。〝武鑑《ぶかん》〟にも載っている大名じゃないですか」

錠吉は驚いた。酒井忠以は、十五万石もの石高《こくだか》を抱える播磨《はりま》姫路《ひめじ》藩《はん》の藩主である。正真正銘の殿様だ。

「そうさ。さっき俺が舞ってた演目は、酒井の旦那に支持してもらって演じられるものなんだ。ひょんなことから惣右助が女だってことに気づかれてね、それから酒井の旦那はミズナと好《い》い仲になっていた。でも、俺のせいで二人はもう会えなくな……」

「もういい」

押し殺すような声がした。

「ミズナ……」

「もう、たくさんだ。てめえが罪悪感から逃れたいがための謝罪なぞ、聞きたくもない。失せろ、二度と面を見せるな」

瑠璃の表情からは怒りの色が消えていた。代わりに諦めに似た、虚無が漂っている。惣之丞はうなだれた。

二人から離れていく惣之丞は路地を曲がりしな、もう一度だけ振り返った。瑠璃は空《くう》を見つめている。惣之丞はそれを見ると何も言わず、賑やかな声がする方へと立ち去っていった。

「あれで本当に、よろしいのですか」

惣之丞の姿が見えなくなってから、錠吉がそっと尋ねる。瑠璃は視線を地面へ転じた。

「わっちの育ての父、惣右衛門はね、役者として、人としてどうあるべきかをわっちに教えてくれたんだ。滅茶苦茶な父親だったけど、人徳があった。惣之丞も同じように育てられたはずなんだけどな」

椿座での日々、惣之丞にされた仕打ちが思い起こされて、瑠璃は強く目をつむった。こまが上目遣いで瑠璃を見上げる。

「昔から惣之丞が嫌いだったし、吉原に売られてからの感情は、憎しみに近かった。憎んでしかりと、思ってた。それなのに……」

か細い声を耳にして、錠吉は押し黙った。

瑠璃の赤い唇が、繊麗な手が、感情の波に呼応するがごとく小刻みに震えていた。

七

黒雲の五人は月明かりを頼りに、多摩川《たまがわ》に沿った土手《どて》を歩いていた。牛込での任務は無事に終わり、次の目的地はここ、六郷《ろくごう》の土手である。

川沿いには六郷の渡しと呼ばれる、川崎宿《かわさき》への渡し船がいくつも停められていた。日中であれば東海道《とうかいどう》の拠点として賑わうこの地も、真夜中は人気《ひとけ》がない。

「何で今まで黙ってたんだよ、水くせえな。役者だったなんてすげえことなのに」

「惣右助っていったら大人気の美形立役でしょ。あの頃うちにいた姐さんらも、こぞって錦絵を買ってたなあ」

豊二郎と栄二郎が興奮気味にまくし立てる。

惣之丞との会話を聞いていたこまが、事の次第を皆に話してしまったのだ。瑠璃が役者であったことに双子はたいそう驚いていたが、どうやら羨望の念が勝っているようだった。

「そうやって騒がれるのが嫌だから、黙っていたんだろう」

権三が双子をたしなめる。双子は意味がわからないとでも言いたげに、そろって首を傾げていた。

瑠璃は三人の会話を聞き流しながら、多摩川の流れへと目をやった。

——今さら謝るなんて、じゃあわっちの怒りは、一体どこにやればいいっていうんだ。

四年という歳月は、瑠璃を心身ともに大きく変化させた。惣之丞にしても、同じだったのかもしれない。

吉原の端で再会して以降、惣之丞と顔をあわせることはもうなかった。

「ねえ、こまが言ってたさ、その」

栄二郎がおずおずとまた口を開く。

「頭に、好きな人がいたって話も……本当なの？」

瑠璃はゆっくりと栄二郎を振り向いた。

「本当だと言ったら、何なんだ？」

瑠璃の声には深い諦念が滲んでいる。栄二郎は言葉に詰まり、俯いた。

「そもそも身分が違いすぎたんだ。忠以さまだって、わっちが吉原にいることを惣之丞から聞いたんだろうに、一度も来ていない。まあ、お殿さまが廓遊びをするのは禁止されてるんだけどさ……所詮そこまでだったたってことだ」

瑠璃は能面の内側に覇気のない顔を浮かべ、静かに息を吐く。隣にいる権三が心配そうにしているのに気がついて、ようやく頭を切り替えた。

「この話はこれで終わり、それよか任務だ。今回はもう、鬼になった経緯がわかってるんだっけ」

首をまわし、最後尾を歩く錠吉に問う。

ごく自然に話しかけたつもりだったが、錠吉は能面からふい、と目をそらした。

「この土手で死人が出たのは、話題になっていたようですから」

「あっそ。じゃあその死人が鬼になったんだな。ねえ権さん、詳しい話を教えて」

惣之丞との一件で錠吉に心境の変化があったかも、と淡い期待を抱いていた瑠璃は、腹立ちまぎれに会話の相手をわざと変えた。

「ここで、ばらばらになった女子の死骸が見つかったんです。傷口から、野犬に食い殺されたのではと言われていたそうで」

双子は震え上がった。

「ひどい、可哀相すぎる。そんなのってないよ」

「じゃあこの辺って、野犬が出るのか？」

豊二郎はびくびくと辺りを見まわしている。瑠璃は呆れたように嘆息した。

「さんざ鬼やら妖やら見てるくせに、今さら野犬ごときにびびってんじゃねえよ。しかし鬼になるほどの恨みって、犬っころに対して？　そんな阿呆な」

「野犬でなく、誰かの飼い犬だったとしたらどうでしょうか」

錠吉が冷静に意見を述べる。顔はまっすぐ前方を向いたままだ。

「誰かが女の人をこの辺りに呼び出して、飼い犬を放ったっていうの？　食べさせるために？」

栄二郎の声は引きつっている。双子の脳内でおぞましい想像が膨らんでしまったようだ。

「なるほどな。関係性はわからんが、人気のない時間の誘いにも応じるくらいだから、深い仲だったんだろう」

呼び出しが犬に襲わせるための罠だったと死の間際に悟れば、鬼になるには十分すぎる理由だ。生きたまま獣に貪《むさぼ》り食われ、女はどんな思いで死んでいったのだろうか。

「ただこの話、一年も前のことなんです」

瑠璃は怪訝《けげん》そうに権三を見つめた。

「そんな前に起こったことなら、どうして今になって鬼退治の依頼が来るんだ」

「俺たちもお内儀さんに尋ねたんですが、その話は任務には関係ない、の一点張りで。この土手で起きた凄惨な事件は他にないので、鬼が犬に襲われた女子であることは、確かと思われますが」

今回の任務については、権三と錠吉がお喜久に委細を伝えられていた。だが権三も、どこか納得のいっていない様子だった。

「一年もほったらかしで、鬼の被害はなかったのかよ」

豊二郎が口を挟む。

「夜中にこの土手を歩く者はいないだろうからな、幸いにも被害がなかったのだと、思いたいが……」

重苦しい沈黙が流れた。五人の歩く足音、多摩川の流れる音が、暗闇に溶けていく。

ややあって、瑠璃はぽつりと口を開いた。

「前にさ、津笠が言ってたんだ。鬼は自分の死因と同じようにして生者を殺すんじゃないか、って」

「それ、あってるかも。祟り堂の鬼だってしつこく首を狙ってたもんな。さすが津笠さんだぜ、ものの見方が違う」

言って、豊二郎はしゅんとうなだれてしまった。津笠は豊二郎にとって初恋の相手だったのだ。

栄二郎が所在なげな顔をして兄の袖をつかむ。権三も豊二郎の背中を優しく叩いてやった。

「も、もういい、慰めなくてっ。じゃあさ、犬に食われたのが死因でなった鬼は、どんな殺し方をするんだろうな」

豊二郎は暗闇でもわかるくらい赤くなり、やけっぱちの大声を出した。

「そこなんだよ。首を吊ったから絞殺、なんて単純な話でもない。かといって、犬みたいになるなんて無理だしなあ」

「……あんな感じですかね」

長らく黙っていた錠吉が、ためらうように言った。

瑠璃たちは一斉に錠吉の視線の先へと目を凝らす。会話に気を取られて気づかなかったのだが、土手の先には歪《いびつ》な形をした黒い塊があった。

よく見ると、二人の男女であった。

男は地面に仰向けで倒れていた。女はひざまずき、男の腹辺りを嗅ぐように顔をうずめている。ばりばりと、固い何かが砕かれるような音がしていた。

瑠璃たちは歩みを止めた。

「あれって……」

女は裸に近かった。着物は無残にちぎれ、原形をほとんど留めていない。地獄絵に見る奪衣婆《だつえば》のごとく胸元をはだけ、艶を失った髪を振り乱していた。

注がれる視線に気づいてか、女は顔を上げた。

空っぽの目、額には二寸ほどの角。

大きく裂けた口には、骨と肉片がぶらさがっていた。新鮮な血が顎を伝って滴り落ちる。言葉を失った瑠璃たちを見て、鬼の口がにっかりと笑みを浮かべた。

そこには、鋭い犬の牙が生えそろっていた。

「うわあああっ」

双子はたまらず叫びだした。

「馬鹿、でかい声で刺激したら」

瑠璃が双子の口元を押さえる。

鬼はゆらりと立ちあがった。くちゃくちゃと不快な咀嚼《そしやく》音を立てながら、臓腑《ぞうふ》がなくなった死骸を踏みつけて歩いてくる。

空洞の目は、双子を捉えていた。

「権さん、二人を守れ」

瑠璃が声を張り上げた途端、鬼は地を蹴った。黒い爪が双子めがけて光る。

一気に間合いを詰めてきた鬼の前に、錠吉と瑠璃が辛うじて立ちふさがり、動きを防いだ。権三は鬼に背を向け、双子の壁になっている。

瑠璃は飛雷の鞘で、前進しようとする鬼を押さえた。

「まだ準備ができてなくてな。そう逸《はや》るなよ、人食い鬼」

妖刀の鞘と錫杖に阻まれた鬼は、双子を見たままガチガチと歯を鳴らす。

「ひっ……」

「権、二人を安全な場所まで連れていけっ」

錠吉が声を振り絞る。権三は双子を抱えて走りだした。

瑠璃と錠吉は雄々しい声とともに一歩を踏み、鬼を前方へ押し飛ばした。

すらりと飛雷を鞘から引き抜く。黒い刀身が夜闇に光った。

「はん、まあまあの膂力だね。こいつなら存分に力を出せそうだ」

「頭、そういう言い方はおよしなさい。犬の牙が生えた鬼なんて見たことがない、油断しては……」

錠吉が諫めようとした時、地に転がっていた鬼は突如として鬼哭を発した。

爆発のごとき衝撃波が生まれ、辺りの砂を舞い上げる。

不意打ちの鬼哭に、瑠璃と錠吉は耳をふさいだ。空気が冷えて波打つように震え、見えない力でふたりを圧していく。

――許さ、な……。助けてって……のに、笑って見てい……。絶対に……。

放たれる呪詛は途切れ途切れにしか聞こえない。当の鬼自身が、何を、どうして恨んでいるのか、わからなくなっているかのようだった。

「重い……」

喘いだ瑠璃の体は、唐突に軽くなった。

周辺に白い光が満ちていく。上空を見上げると、巨大な注連縄が形を成していくところだった。

「双子の結界か。これでひとまず安心だな」

鬼は、思いどおりの力が出せなくなったことに混乱しているかに見えた。徐々に鬼哭がやんでいく。

「二人とも、大事ないですか」

振り返った瑠璃は、権三が急ぎ足で走ってくるのを目に留めた。

権三が持つ金剛杵には、梵字《ぼんじ》が白く浮かび上がっている。錠吉の錫杖に彫られた梵字も、同じように光を放ち始めていた。鬼の容貌と危険度を察した権三が、双子に武器の強化をさせたのだ。

結界を張ったことで鬼哭の余波がいくらか薄まり、瑠璃は身動きが取れるようになった。しかし鬼の邪気が濃すぎるせいで体はまだ重く、息苦しさも解消されていない。錠吉と権三もどうやら同じ様子であった。

「この鬼、やっぱり何人も殺してきたんじゃないか。一年もの間殺しを重ねて、怨念を熟成させてやがった。こいつは厄介だぞ」

濃厚すぎる怨念は、時を経るにつれて鬼が生まれた根幹すら侵してしまう。退治されないまま殺人を繰り返した鬼は、辛うじて残っていたはずの人の自我を失い、自らの呪詛の理由まで忘れかけていたのだ。

鬼は崩れるようにひざまずく。その拍子に両手を地面についた。

「意外だな、結界の光が効いているのか？」

「いや、違う」

権三の疑問を、錠吉が言下に否定する。

ずたずたに引き裂かれた着物の隙間から、鬼の皮膚が黒く変色し始めているのが見えた。鬼は四つん這いのままで顔を上げ、瑠璃たちに向かって血の滴る顔をほころばせた。

次の瞬間、鬼はうなり声を上げて三人に向かってきた。四つ足で駆ける風貌は、まさに犬そのものだ。

咄嗟に錠吉と権三が前に出る。

しかし、鬼は錫杖と金剛杵の攻撃をかいくぐった。二人のまわりを目にも止まらぬ速さでまわると、後ろに控えていた瑠璃に飛びかかる。

「な……」

人智を超えたあまりの速さに反応し損ねた瑠璃は、勢いよく地面に押し倒された。犬の牙が瑠璃の喉笛に迫る。

「その人から離れろっ」

錠吉の鋭い声が響いたかと思うと、鬼は錫杖と金剛杵に猛烈に打ちつけられた。痛ましい犬の声を上げて地面を転がる。錫杖の先端が命中したのか、左腿にはうっすら黒い血が浮き出ていた。

のしかかる重みがなくなり、瑠璃は急いで起き上がった。

打撃をまともに食らった鬼は四つん這いでうめいていた。殴られた左側をかばうように、向きを変えていく。

「獣になっちまった鬼、か。不憫《ふびん》ではあるが、その動きをされるとやりづらい。さっさと退治させてもらうよ」

瑠璃は胸元に手を当てた。

まぶたを閉じ精神を統一しようとした矢先、錠吉が瑠璃の手首をつかんだ。目は正面から瑠璃に向けられ、手首を握る力は血が止まってしまうほど強い。

「駄目です。俺たちはまだ動けるし、どういうわけか打撃がかなり効いている。動きが完全に止まるまで追い詰めますから、飛雷の力は使わないでください」

「ちょいと、離しな。何なんだよ、力を使うかどうかはわっちが決めることだ」

瑠璃は錠吉らしからぬ強引な態度に戸惑い、手を振り払った。

「また来ますよ」

権三が声を張る。諍《いさか》いをしていた二人は鬼を見やった。

鬼は威嚇するように低くうなったかと思うと、駆けだした。

錠吉と権三がすかさず法具をかまえる。瑠璃は舌打ちをして、その場で飛雷を固く握りしめた。

鬼は粉塵を上げて跳躍《ちようやく》する。黒い爪を権三に向かって振りかざす。権三はどうにか身をそらして受け流し、錠吉が錫杖の先端で突く。鬼は権三の胸を蹴って錫杖をよけた。錫杖は権三の着流し、脇の辺りを突き刺していた。

「おい錠、危ないだろ」

着流しに穴が開いているのを見て、権三が思わず抗議する。錠吉はそれも耳に入らないようで、素早く体勢を整えていた。

権三との連携もせず、錠吉は単独で鬼に向かっていった。鬼も錠吉を見据え、唾を吐き散らしながら襲いかかる。

「錠さん、一人で突っこむな」

いつもなら、錠吉は冷静に戦況を俯瞰《ふかん》し、安全かつ確実な戦法を取るはずだ。ところが今の錠吉の目には、鬼しか映っていないようだった。

大ぶりな動きで鬼を追い詰め、瑠璃と権三から見る見る離れていく。強力な打撃を鬼に加えるも、直情的な動きは隙だらけだ。

鬼はその隙を見て、錠吉の腹に爪をふるった。錠吉の体が横向きに倒れる。

「しまった、錠っ」

「起きろ、早く逃げるんだ」

権三と瑠璃が急いで駆ける。

鬼は錠吉を蹴ってうつ伏せにし、うなじに牙を剝いた。

「やめ……」

瑠璃たちと鬼との間には、武器が届かないほどの距離が空いてしまっていた。

瑠璃の頭に最悪の光景がよぎった。

刹那、暗闇から現れた何かが、宙を波打った。

それは鬼の体に巻きつき、瞬く間に全身を縛り上げる。よく見れば二本の前帯であった。意思を持つようにうねり、鬼の体をきつく締めつけている。

「これは……」

瑠璃は目を見開いた。闇の中から、何の前兆もなく二人の遊女が現れたのだ。

目の前にいる遊女は、一人は梅文様の仕掛、もう一人は菊の仕掛を羽織っている。

白粉を塗った顔には、目元を隠すように長方形の白布を巻いていた。

「楢紅？」

自身が使役《しえき》する傀儡の名が口をついて出た。だが同時に、楢紅とは似ても似つかないこともわかっていた。遊女たちの髪は黒々としている。目元で揺れる白布は、血文字もなく真っ白だ。

鬼は牙を鳴らし、近づいてきた遊女たちに嚙みつこうとする。しかし太い前帯によって、口元も固くふさがれてしまった。うなり声を漏らし、前帯ごと身をよじる。

前帯は鬼の体を包んだまま宙に浮き始めた。自由になった錠吉が半身を起こし、遊女たちを見つめる。

「花扇さん……花紫さん……？」

呆然とつぶやかれた名に、瑠璃は仰天した。

「な、足抜けした花魁たちだってのか」

交流は一切なかったが、言われてみれば二人の体格や口元は、確かに吉原で目にしたことがあるものだった。

失踪した四君子の梅と菊が、瑠璃に嫋々《じょうじょう》たる微笑みを向けていた。

「何で、あんたらがこんなところに」

花扇と花紫は何も言わなかった。瑠璃たちの方を向いたまま、示しあわせたように腕を上げ、互いの掌を重ねる。

掌があわさった瞬間、二人の後ろでゴキン、と鈍い音が鳴った。

宙に浮いた前帯が、あたかも雑巾を絞るかのように鬼の体をねじり上げていた。骨が折れる音が幾重にも重なって、夜の土手にこだまする。

悲鳴ともとれぬ、鬼の苦悶《くもん》の声が聞こえた気がした。それでも前帯は動きをやめない。前帯の隙間から、黒い血が勢いよく地面に流れ落ちる。

「何てことを……」

あまりにも残酷な有様に、権三は声を詰まらせた。おびただしい量の黒い血が、地面に小さな池を作っていく。鬼はもはや抵抗することも、声を出すこともしなかった。二人の花魁は無言で前帯に手を添える。すると、二人と鬼の輪郭が途端にぼやけだした。


我に返った権三は慌てて前に進み出た。

「おい、待てっ。その鬼をどうする気だ」

権三がつかむ寸前で、遊女たちと鬼は消え去った。

辺りが静寂に包まれていく。残ったのは、鬼の黒い血だまりだけだった。

「何が、どうなっているんだ」

困惑した声でつぶやいた時、激しい音が響いて権三は振り返った。

錠吉の頬に、瑠璃がきつい平手打ちを食らわせたところであった。

「いい加減にしやがれっ」

瑠璃は能面を乱暴に外すと、怒りに震える声を張った。錠吉の着流しは腹辺りがざっくりと裂けている。幸いにも、鬼の爪は着物を裂いただけだった。

錠吉は半身を起こした姿勢のまま黙りこくっている。瑠璃は胸ぐらをつかむと、錠吉を無理やり立たせた。

権三は急いで仲裁に走った。凄まじい剣幕で錠吉を揺さぶる頭領を、やっとの思いで引きはがす。

「頭、落ち着いてくださ……」

「どうしてあんな無茶をしたっ。一人で勝手にしゃしゃり出て、少しでもずれていたら真っ二つにされてたんだぞ？　わっちと権さんが、どれだけ焦ったか」

瑠璃は肩をいからせて錠吉を睨みつける。

一方の錠吉は胸元をはだけたまま、暗い目で瑠璃を見ていた。

「あなただって、いつも飛雷を使いたくてうずうずしているじゃありませんか。理解しかねますよ」

「おい、錠……」

なぜ火に油を注ぐようなことを言うのかと、権三は困惑した。案の定、瑠璃はさらにいきり立っていた。

「どういう意味だ？　ああっ？　わっちは早く飛雷の力を使いこなせるようになりたいだけだ。あそこで邪魔をしなけりゃ、鬼が消されることにもならなかったのに、余計なことを」

「あなたはきっと、守られるより守る方が性にあっているんだ。それは前からわかっていた。でも、それじゃ俺たちは、必要なくなってしまいますよね」

気力のない声で言うと、錠吉は自嘲するように笑った。まくし立てようとしていた瑠璃も、権三も、その様子に思わず言葉を呑みこんだ。

「あなたは焦っているんじゃないですか。津笠さんが亡くなってから、ずっと自分を責めている。鬼を退治し続けることでしか、津笠さんを倒したことが正当化されないと思っている。違いますか」

「今は、そんな話をしてるんじゃ……」

畳みかけてくる錠吉から、瑠璃は目を離した。

遠くにいる双子が事態を把握したのか、空に浮かぶ注連縄がいつしか光を弱めていた。完全なる夜の闇が戻ってくる。

錠吉の瞳は哀しげに、瑠璃の横顔を見つめていた。

「いつも任務が面倒だと乗り気じゃなかったのに、今は闇雲に鬼とぶつかりたがってばかりだ。あなたの言動は極端すぎて、はっきり言って見ていられません。俺たちはあなたの護衛なんですよ。なのにあなたは、一人で戦っているつもりらしい」

「それは……」

痛いところを突かれた瑠璃は、必死に思考を巡らせて反論しようとした。されど錠吉の発言はすべて図星で、何も言い返すことができなかった。

「津笠さんが亡くなったのも、鬼になってしまったのもあなたのせいじゃない。誰もあなたを責めやしませんよ。だから引きずるのはもうやめてください。真に責められるべきは……俺なんです」

「何で、錠さんが」

錠吉は目を伏せた。

「あの時、俺はあなたを追い詰めた。鬼になった津笠さんを退治できるのはあなたしかいないと、護衛役なのに守るどころか、非力な自分を棚に上げ、あなたにすべてを押しつけた」

瑠璃は胸を衝かれた。苦々しく歯を食い縛る錠吉の表情が、初めて目にするものだったからだ。

「まさか、それで今までつれない態度だったのか？　そんなの、わっちが気にするわけないじゃないか」

「いいえ。あなたが気にしていなくとも、俺は自分を許せない。俺は、あなたが傷つくのをもう見たくないんです。目の前で大事な人が死ぬのを見るなんて、二度とごめんなんだ」

自らを戒《いまし》めるような錠吉の様子に、瑠璃はとうとう怒気を引っこめた。

「それって、錠さんが慈鏡寺を出たのと関係あるのか」

錠吉の顔つきに動揺が差した。視線が宙をさまよい、瑠璃と権三を見比べる。

「すみません、余計なことまで言ってしまいました。今のは忘れてください」

「余計なことじゃない」

瑠璃は強い口調で言い返した。

「そんな風に言うなよ。わっちが、聞きたいんだ」

瞳はまっすぐに錠吉の目を正視している。瑠璃の隣で権三も、静かに頷いて同意を示した。

「……はい」

憂いを帯びた眼差しに促されるように、錠吉は肩を落として、自らの過去を語りだした。

八

錠吉は、慈鏡寺に勤める僧侶だった。

生まれが禄高の少ない武家の三男坊であったため、五歳になると同時に出家させられたのだ。長男以外は冷や飯食いになることが多い時世、母の温もりが必要な幼子であろうが、家長の決めたことには誰も逆らえない。

元来が真面目な気質の持ち主である錠吉は、幼いながらも父親の決定に素直に従い、慈鏡寺へと連れてこられた。

それからは安徳の見守る中、仏門に信心を尽くし、懸命に精進してきた。小さな慈鏡寺には安徳が一人で身を置いており、子がいない老和尚は勤勉な錠吉を心から大切にし、ゆくゆくは住職を任せようと決めていた。錠吉も安徳の親心をありがたがり、仏に仕えて生涯を送るのだと信じて疑わなかった。

四年前、錠吉が二十三歳になった春。慈鏡寺に一人の女がやってきた。

綾《あや》と名乗った女は、楊弓《ようきゅう》の場を取り仕切る矢取女《やとりおんな》だった。

江戸の寺社や盛り場では、矢場《やば》と呼ばれる遊戯場が多く設置されていた。落ちた矢を集め、客の応対をするのが矢取女の仕事である。線が細く婀娜《あだ》な雰囲気を醸《かも》し出す綾は、楊弓を楽しむ男たちに人気だった。

矢取女の本質は、的の裏に構えた小部屋へと男を誘いこむことにある。客の体にひっついて矢の射方を教えたり、矢を拾う際にさりげなく足を見せたりして気を引くのだ。綾も例外でなく、色目を駆使《くし》して男をその気にさせ、体を売って稼いでいた。女相手と下に見て支払いを渋る輩には、元締めのやくざ者、銀次《ぎんじ》が脅しをかけ、金をむしり取っていた。

「綾さん。若い身空でそういうことは、もうおやめなさい」

ある初夏の日、錠吉は矢取女の実状を見かねて綾を諭した。

大ざっぱな性格の安徳は、勤行《ごんぎょう》の合間に参拝者にまじって楊弓を楽しむ有様だった。それをいいことに、銀次は綾を三月も慈鏡寺に居座らせていた。

「和尚がああいう方だからと油断されているようですが、私はそうはいきませんよ。あなたのような女子が、荒くれ者とつるんで男を相手にして、危険だとは思いませんか」

「あら。錠吉さんてば、あたしを心配してくれるの」

綾は艶のある口元をほころばせた。胸元は男と睦事《むつごと》を終えたばかりなのか、大きく開いている。

錠吉はため息をつきながら、綾の胸元へ手を伸ばした。対する綾はゆったりと微笑を浮かべ、錠吉を受け入れる。

「ほら、だらしない格好をしてはいけません。小さな子どもも寺に来るんですから、しっかり隠しておきなさい」

言って、錠吉は綾の襟《えり》をぴしっと正してやった。綾は驚いたように目を瞠《みは》った。

「こんなことに手を染めているからには、何か事情があるんでしょう。無理に話せとは言いませんが、私にできることがあれば協力しますよ。仕事の当てがない人に、口《くち》入屋《いれや》を紹介することもあるんです。いいですね、その気になったらいつでも頼るんですよ」

子どもに言い聞かせるような錠吉の顔を、綾は襟元に手をやったままじっくりと眺めた。そして、ぷっ、と吹き出した。

「やだ、本当に真面目一辺倒なんだから。和尚さんがぼんやりしてるからここにいるのは簡単だと思ったのに、まさかお弟子さんがこんな人だとはねえ」

さも可笑《おか》しそうに口に手を当て、くすくす笑う。錠吉は些かむっとしつつ、綾の笑顔を見ていた。

「でも、ありがとう。そんな風に言ってくれる人なんて今までいなかったから、少しびっくりしちゃった」

綾は、自らの生い立ちを錠吉に話して聞かせた。

小さな荒物屋に生まれたこと。貧乏暮らしな上に父親が酒癖が悪くすぐに手が出る男で、ある日襲われそうになったため逃げ出したこと。腹を空かせて行き場もなく放浪していたところを、銀次に拾われた。綾はそうして矢取女になったのだった。

錠吉は悄然《しょうぜん》として、綾の話に耳を傾けていた。

「この仕事が人に褒められたモンじゃないってことくらい、わかってるさ。銀次の奴があたしの体を、金稼ぎの道具くらいにしか思ってないって、わかってるけど。でもあたしは、他に生きる術を知らない。生まれた家を訪ねてみたけど、もう憎かった父親も、おっ母《か》さんもいなかった。あたしはこの先もずっと、銀次のところにいるしかないのさ」

綾は一通り話し終えると、にっこり笑ってみせた。

「でも大丈夫。今は誰もあたしのこと殴らないし、おまんまだってちゃんと食えるしね」

「銀次と手を切って、寺で働かれてはどうですか」

「え？」

出し抜けな提案に、綾は目をしばたたかせた。

「和尚には私から話をしてみます。尼僧として身を置けば、寺社奉行の管轄になりますから銀次も手出しできないでしょう。もちろん出家を強要するのではありません。ここで炊事や雑務をしながら、ゆっくり今後のことを考えて、次の働き先が決まったら出ていく。それならどうですか」

思いがけぬ提案に、綾は呆気に取られて錠吉をまじまじと見た。目の前にいる錠吉は、至って真剣な顔つきである。

次第に力が抜けたように、綾は心安い笑みを浮かべた。

「うん、わかったよ。そこまで言ってくれるなら、そうする。三日後また来るから、その時は矢取女じゃなくて、ただの女として迎えてくれる？」

錠吉は二度、大きく頷いた。意図せず心が躍るのを感じていた。

安徳も、錠吉の案を快諾した。

「もちろんいいとも、力になってあげなさい。しかし、錠吉も隅に置けん。檀家の娘さんたちには振り向きもせんのに、いつの間にか綾どのを射止めておったとはなあ。楊弓だけに」

安徳は感慨深そうに笑みを漏らしている。

最後の発言を、錠吉は鮮やかに無視した。

「何か勘違いされていらっしゃるようですが、そういうつもりは一切ありませんよ。綾さんの話を聞いて、自分も何かできればと思ったまでです。御仏の心に従ったのですから、邪念はありません」

「うん、うん。御仏も粋なことをなさるよのぅ」

老和尚は緩みきった顔で何度も頷く。

錠吉は思わず声を大きくした。

「ですから、違うと申し上げているでしょう。戒律があるのにいかがわしい想像をしないでいただきたい」

仏門に入った時点から、僧侶が女人と情を交わすことは禁忌とされていた。女犯《にょぼん》を侵せば破戒僧《はかいそう》として市中にさらされ、破門の上、遠島を申し渡されてしまうだろう。

「ふぉっふぉ、固いことを言うでない。儂が住職であるからには、そこら辺の融通はいくらでも利かせるぞ」

「またそんな軽々しいことを。そういうところがいけないと、いつも言っているでしょう。小さな寺とはいえもう少しご住職としての自覚を高く持ってください」

凛々しい顔をしかめ、呆れたようにこぼす。

「まったく、どうして安徳さまがご住職になれたのか、私には不思議でなりませんよ」

弟子に説教をされても安徳は意に介す様子もなく、高らかに笑い声を上げた。

「こう見えて儂も昔は、お前に負けず劣らず、超がつくほど真面目だったんだぞ。こうなってしまったのは、惣右衛門の奴に出会ってしまってからかなあ」

「あの適当な言動ばかりでぷらぷらしている、酒好きの役者ですか」

本来なら、住職の立場で芝居小屋へしょっちゅう遊びに行くというのも、いただけない行為である。だが言ったところで安徳が聞くはずもない。錠吉はとうの昔に反対することを諦めていた。

ひどい言われようじゃな、と安徳は笑いを嚙み殺している。

「次男坊の惣右助も小憎らしい年頃になっての。これがまた、とんでもない美形なんじゃ。惣之丞といい惣右助といい、老体にゃまたとない目の保養。いつかお前にも会わせてやりたいのう」

お喋りな師匠のほくほく顔を見て、錠吉は長息を漏らした。

「つきあいを大切にするのは結構ですが、お勤めに響かないようにしてくださいよ。

まさか、つきあいにかこつけて酒まで飲んでるんじゃないでしょうね」

弟子の刺すような視線に安徳はたじろいだ。

「そ、そんなことするはずないじゃろ。考えすぎだよ、お前は」

「ならいいんです。失礼しました」

錠吉の視線から解放され、安徳は内心で胸を撫で下ろした。

三日後、綾との約束の日。

錠吉は日の出前から門前に立ち、綾が来るのを待っていた。すでに宿坊の一室を隅々まで掃除し、入り用なものも抜け目なく用意してあった。

ところが朝から昼になり、日暮れになっても、綾は姿を現さなかった。

浅草寺《せんそうじ》のある方角から、九ツを知らせる鐘の音が響いてくる。錠吉はひっそりと嘆息して、門の内へと戻っていった。

井戸から水を汲《く》み、荒っぽく顔を洗う。

錠吉は、自分が落胆していることに気づいて戸惑った。安徳のからかうような言葉が頭をよぎる。盥《たらい》の水に映る顔を、自問するように見つめた。

「何を考えてるんだ、俺は。きっと綾さんは、自分で何とかする道を見つけたんだ。そうなったらここに来る必要だってなくなる……ただ、それだけのことだ」

水面に映る顔はひどく寂しげだった。錠吉は思いを捨てるかのように、盥を勢いよく引っくり返した。

それから半月が経った。綾は慈鏡寺に一度も顔を見せに来なかった。

気がかりではあったが、錠吉は綾が普段どこで寝泊まりしているのかも知らず、どうしているのか調べようもなかった。何よりも、ふとした時に不埒《ふらち》なことを考えてしまいそうな自分が嫌で、戒めるがごとく日々の勤めに精を出していた。

ある夜、錠吉が勤行の後片づけを一人でしていると、唐突に砂利《じゃり》を擦る慌ただしい音が本堂まで響いてきた。

遅くの来訪者に心当たりはなかったが、急いで外に出ようと立ち上がる。すると何かを引きずるような音がして、本堂に綾がなだれこんできた。

錠吉は動転して綾に駆け寄った。はだけた脚を見ると、ふくらはぎから血が流れている。

「これは一体。綾さん、何があったんです」

綾は激しく肩を上下させながら、錠吉を見上げた。

「銀次に、閉じこめられてたんだ。矢取女をやめて尼になるなんて許さない、って。隙を見て逃げようとしたら見つかって、匕首《あいくち》で斬りつけられた。必死に逃げて、あたし」

綾は錠吉の首筋に手をまわし、しなだれかかった。

「錠吉さん、お願い。あたしと一緒に逃げて」

「え……」

錠吉に覆い被さりながら畳の上に押し倒し、はだけた脚を腰に絡める。

「このままじゃあいつ、きっとあたしを殺しにくる。でもこの脚じゃもう一人で逃げられない。だからお願いよ、助けて。一緒に逃げよう」

必死に訴える綾を、錠吉は瞬きもせず見上げている。目は激しく泳ぎ、やがて口元が微かに揺れた。

「で、できません」

綾の瞳に絶望の色が宿った。

「どうして」

「私は、一生を仏に捧げる身です。職を放棄して逃げることなどできません。老いた和尚を一人にするわけにもいきません。それに、女犯は重罪なんです。逃げて私と一緒にいるのが見つかれば、あなただってきっと五体満足ではいられません」

流れるように、口から勝手に言葉が出ていた。だが裏腹に、心は逡巡を繰り返していた。

——違う、こんなことを言いたいんじゃない。俺は……。

錠吉の肩を押さえつけながら、綾は帯へと手をやった。

「綾さん、何を」

綾の手には、小刀が握られていた。

「なら、あたしと一緒に死んで。ここにいたって殺される、逃げても殺されるなら、もうどうしようもないじゃない。あたしは矢取女のままでもいいって思ってたのに。錠吉さんが言うから、変わろうと決心して、それでこんな羽目になっちまったんだよ。責任とって、せめて一緒にあの世に行ってよ」

辛辣な言葉は、錠吉の胸の深い部分をえぐった。

よかれと思ってしたことが結果として綾を苦しめ、人生を大きく狂わせてしまった。皮肉な事実を悟り愕然とした。

「駄目です、落ち着いてください。他に何か方法があるはずです。一緒に考えましょう、だから」

錠吉は腕を伸ばし、綾の手をつかんだ。腰にまたがって暴れるのを懸命に押さえたが、止めようとすればするほど、綾は激しくもがく。小刀の切っ先は揉みあううち、いつしか綾へと向いていた。

「離してよっ。生きてたっていいことなんか一つもありっこない、だったらいっそ死んだ方が……」

その時、綾の頭がガクン、と頷くように大きく揺れ、小刀の切っ先が喉に突き刺さった。

錠吉の頭は真っ白になった。喉から流れる血が、二人の腕を伝っていく。

唐突に、綾の頭は後ろにのけぞった。血が一気に噴き出し、錠吉の顔を染めていく。

「馬鹿な女だ。色狂いの末に坊主と心中たあ、呆れて言葉もねえよ。願いを叶えてやったんだ、ありがたくあの世に行きな」

銀次が、綾の髪をひっつかんだまま吐き捨てた。

綾の頭を無理やり小刀へと倒したのは、この男だった。綾しか見えていなかった錠吉は、銀次が近寄る気配に気づくことができなかった。

銀次は綾の頭をつかむ手を、乱暴に離す。綾の体は後ろにゆっくり倒れこんだ。

「じゃあな、お前にもう用はねえ。せっかく俺の女として囲って楽させてやろうとしてたのに、つくづく頭の弱い奴だ。寺で死ねて本望だろ、お前の好きな坊主がすぐ供養してくれるぜ」

銀次は口の片端を歪めて言うと、疲れたように息を吐き、さっさと本堂を出ていってしまった。

残された錠吉は我に返り、畳の上に飛び起きた。

「綾さん、綾っ。しっかりするんだ」

綾は喉から血を止めどなく流しながら、まだ息をしていた。錠吉はその手を強く握りしめる。小刀はまだ綾の喉に刺さったままだ。しかし今抜いたところで、手遅れであろうことは明らかだった。

綾は何か言いたそうな顔をするも、貫かれた喉からは、血の噴き出る音が漏れるばかり。瞳は錠吉を見つめ、涙を流していた。

永遠とも思われた寸刻は無情にも終わりを迎え、綾の瞳からふっと光が消えた。間を置かずして、綾の眼窩から眼球が溶けるように消え、見る見る落ち窪んでいった。額からは角が、皮膚を突き破って生えてくる。

「な……」

悲しみに暮れることもかなわず、綾の変貌に驚愕した錠吉は、思わず手を離した。

綾はニイ、と不気味な笑みをたたえたかと思うや、次の瞬間、火がついたように起き上がり、錠吉に飛びかかった。

錠吉の頭を腕ずくで畳に押しつけ、自らの喉から小刀を引き抜くと、錠吉の喉へ振りかざす。

錠吉は綾の腕を反射的につかんだ。

先ほどまでは動きを押さえていられたにもかかわらず、綾の腕には今や常人とは思えぬ力がこめられていた。

「やめ、ろ」

光る切っ先が、徐々に喉へと近づいてくる。桁外れの膂力で頭を締めつけられながら、錠吉は声を絞り出した。

「たの、む。殺さないで、くれ」

綾の力が途端に緩んだ。

錠吉は突き動かされるように小刀を奪い、綾の腕をひねると、横に転がった。

貼りつけたような笑みが消える。小刀の切っ先は、綾の胸に深々と突き刺さっていた。

錠吉は自分のしでかしたことに気がつき、飛びのいた。

「そんな、違うんだ。こんなつもりじゃ、俺は」

綾の体は力を失い、肌がぼろぼろと砕けていく。次第に全身が砂のように崩れ、霧となって消えていった。

返り血を浴びた錠吉の頬には、いつの間にか涙が伝っていた。

「俺は……」

綾が消えた場所にくずおれ、動くことができなかった。


寺を出奔した錠吉は、江戸の町々をさまよった。

坊主頭から髪が伸び、無精ひげが生えた顔でも、女たちは進んで声をかけてきた。錠吉は魂が抜けたように求めに応え、握らされた金子《きんす》を手に、死に場所を探し転々とし続けた。

「お前さん、鬼を見たことがあるね」

ある日、泥酔して地面に座りこみ、道端の地蔵にもたれかかっていた時のことだった。唐突に話しかけられた錠吉は虚ろな目を上げた。

年の頃は三十代半ば、ぱりっと皺ひとつない無地の黒縮緬《ちりめん》を着た、痩せぎすの女が錠吉を見下ろしていた。

「いや、見ただけでなく、殺されかけたんじゃないかい。それで生きているということは、鬼を倒したのか」

「……どちらさまですか」

抑揚の欠けた声でつぶやく。

「吉原にある大見世、黒羽屋のお内儀だ。お前さん、うちで働かないか。しっかり働けば衣食住を保証するし、今の暮らしより悪くはならないと思うが」

お喜久は言って、錠吉の着崩れた姿を見やった。

「生憎《あいにく》ですが、俺はどこにも行くつもりはありません」

「鬼に殺されるようなことをしたのかい」

錠吉の瞳が揺れた。お喜久を鋭く睨みつける。

一方でお喜久はひるむ様子もなく話し続けた。

「死人みたいだと思ったのに、そういう目ができるんだね。素人に倒されるなら、なりかけで力が弱い鬼だったんだろう。不完全な鬼は心が揺らぎやすい。お前さんを殺すのを、その鬼はためらったんじゃないかい」

錠吉は歯噛みしてお喜久から顔を背けた。

「うちでは妓楼を仕切る傍ら、鬼退治の依頼を受けているんだ。お前さんにも手伝ってほしい。鬼と戦ったことがある人材は貴重だ」

ぶしつけなことを言って勝手に話を進めるお喜久に、錠吉は不信感をあらわにした。だが反面、しばらく生気を失っていた己の心が、大きく揺さぶられるのも感じていた。

「鬼、退治」

「そうさ。とはいえ、今は人集めの段階だ。どうだい、お前さんが倒した鬼が一体どういうものなのか、どうして鬼になるのか、なぜ、自分は生かされたのか。知りたくはないか」

錠吉は再び顔を上げ、お喜久の試すような目を見つめた。

こうして、錠吉は黒羽屋で働くことになった。

仕事を如才なくこなす几帳面《きちょうめん》な錠吉を、幸兵衛を始め他の若い衆たちは重宝がってくれた。遊女たちも錠吉を気に入り、何かにつけて話しかけてきた。が、そのたびに綾のことが脳裏をよぎり、正面からは向きあえなかった。

慈鏡寺への言付けはお喜久が行っていた。自身で寺を訪ね、安徳に会うことはいくらでもできたが、あわせる顔がどうしても見つからなかった。

「初任務についてだが、まだもう少し準備に時間がかかる。その間に錫杖を使いこなせるようにしておきな」

お喜久は、鬼退治の決め手になる人物と交渉中だと話していた。交渉を待つ間、錠吉は仕事の合間を縫い、体を無心で鍛《きた》え上げた。

当時は二十六歳だった権三と組み手や、錫杖と金剛杵を使った棒術の訓練も行った。権三も錠吉と同時期にお喜久に目をかけられ、黒羽屋に料理人としてやってきていた。

上野の料亭に勤めていた権三は、料理の腕前もさることながら、穏やかな性分で遊女たちから厚い信頼を寄せられていた。客の愚痴をこぼしに来る妓たちによく「相手の臍《へそ》まわりに十字の傷がないか」と聞いていたが、どうやらそういう男は女を乱暴に扱う傾向にあるとする「臍占い」なるものを信じているらしかった。眉唾《まゆつば》ものだと遊女たちは笑っていたが、権三が心配してくれるのを皆、嬉しく思っている様子でもあった。

「権三さんも、鬼と向きあった経験があるんですか」

根岸の寮にて組み手の休憩中、錠吉は権三に尋ねてみた。

「権三でいいさ。年上だからと気にするな」

手ぬぐいで汗をふきつつ、権三は気さくに答えた。

「身内が鬼になってしまって……まあ、それでな」

声に変化はなかったが、権三の目には陰が見てとれた。自分と同じ後悔や苦悩を抱えているのだと、錠吉は悟った。

「錠吉さん、権三さん、お水持ってきたぞ」

「二人ともすごいなあ。おいらも早く大人になってうんと体を鍛えて、格好よく動けるようになるんだっ」

十歳だった豊二郎と栄二郎の双子も、いつの間にやら金魚の糞《ふん》と化して錠吉と権三に懐いていた。双子はこの時、結界の修行を始めたばかりだった。

幼い二人まで駆り出すのかと錠吉は不審に思ったが、双子の血の結びつきが結界を強固にすると知り、納得した。それにもまして、吉原の端女郎《はしじょうろ》から産まれ落ちた双子は、鬼に対して恐れと同じだけ、救済を望む強い意志を持っていた。やはり自分と重なるような気がしていた。

日々を過ごしていく中で、錠吉は自分たちが四代目の黒雲であること、先代までは二人組で鬼退治をしていたが、新体制を作るために一から人材集めをしていることなどを知った。先代の構成員は、すでにこの世にいないようだった。

疑問が山とあっても、お喜久がまともに答えてくれることは少ない。双子は見るからに不安そうだったが、お内儀にも何か考えがあっての試みなのだろうと、錠吉と権三は呑みこむことにした。

思いを振り払うように目まぐるしく働き、一月があっという間に過ぎた。

ついにお喜久は、錠吉と権三を呼び出して告げた。

「頭領になる者が決まった。結界役の双子はまだ無理だが、お前たちには一度、実戦に出てもらいたい」

即席だし荷物になるが、と言って、お喜久は大きな注連縄を権三に渡す。現場を囲めば結界が発動するよう、お喜久が法力をこめたものだった。

「任務の委細はまた後日知らせよう。もし手間どって家屋の一軒か二軒を壊してしまっても、気にしなくていい。鬼さえ倒せば平穏なのだから、退治を優先させるように」

錠吉と権三は硬い面持ちで話を聞いていた。

「それで、頭領の方というのは」

「お前たちが来る少し前に、瑠璃という新入りが入っていただろう。あれだよ」

お喜久の返答に二人は仰天した。

「花魁になるのが決まった、あの瑠璃さんですか？　そんな方に鬼退治なんて、危険なことをさせるのは」

「決め手となる人材とおっしゃっていましたが、確かまだ十五歳ですよね。どう見ても普通の女子じゃありませんか」

女子の細腕で強靭《きょうじん》な鬼と対抗できるとは、到底思えない。そもそも花魁と黒雲を両立させるなどあまりに無茶な話ではないか。

口々に反対する二人を、お喜久は手を上げて制した。

「見た目はか弱い女だが、あの女の所持する刀は妖刀だ。それもただの妖刀じゃない、とんでもない力を秘めている。おそらくは封じられているんだろう、だから今まで誰も気づかなかったようだ」

「ですが……」

「本人だって喋る猫をそばに置いているくらいだ、妖を見るほどの強い力を持っているとみていい。あれ以上の決め手は他にないだろう。表と裏の仕事、どちらもしっかりできるよう、お前たちが支えてやってほしい。最初の任務は私もついていく。いいね」

有無を言わせぬ口調に、二人は黙って同意するしかなかった。

数日後、お喜久と錠吉、権三、そして瑠璃は、連れ立って夜の河原を歩いていた。権三は右手に金剛杵、左肩に重く巨大な注連縄を束ねている。錠吉は錫杖を手に、緊張した様子で周囲を見まわしていた。

「あのお、何べんも言うようですけど、鬼とか退治とかわっちには関係ないし、心得だってありませんよ。急に花魁になれってそれだけで参ってるのに、その上見たこともない鬼と戦うなんて、こっちの心情も察してもらえませんかねえ」

瑠璃は両手を頭の後ろで組みながら文句を垂れた。顔には新品の能面がつけられている。

「護衛がついているのだから心配はいらない。錠吉も権三も鍛錬で動きがよくなったし、それぞれ鬼と対峙したこともある」

「いや、そういう問題じゃなくってですね。伝わらねえかなあ」

前を歩くお喜久に向かって、わざとらしいため息をつく。

お喜久の交渉というものがかなり強引で、瑠璃が心から承諾したわけではないと、錠吉はこの時になって理解した。

「何だか、見た目の印象とだいぶ違う方だな」

権三が、隣の錠吉にひそひそと耳打ちをする。

能面をつけた顔がくるりと振り返ったので、権三はすぐさま姿勢を正した。

「錠吉さんに、権三さんだっけ。あんたらもガキのままごとみたいのにつきあわされて大変だな。そうそう、わっちは女子と喋るのが苦手だから、普段は黙ってんの。男との方がまだ気楽でいいよ」

意外と地獄耳な瑠璃に、権三は身を引きしめている。

「……ままごととは、どういう意味でしょう」

錠吉にとっては聞き捨てならない発言だった。

「だって、そもそも鬼なんて伝承じゃないの？　わっちも昔から幽霊とか妖とか見えてたけど、そんな恐ろしい姿は見たことないよ」

険しくなった錠吉の顔を気にも留めず、瑠璃は疑わしげな声を漏らす。

「きっと、見たことないのが普通なんですよ」

何だそりゃあ、と瑠璃はぼやいた。

「じゃあいいよ。鬼は存在するってことにしてさ、あんたら倒したことがあるんだろ？　だったらわっちはいらないじゃないか。剣術《やっとう》は少し習ったことあるし、身のこなしもそこら辺の女より悪くないとは思うけど、そんだけさ。大して役に立ちゃしないよ」

つまらなそうに小石を蹴飛ばす。

瑠璃の疑問にはお喜久が答えた。

「未熟な鬼なら、稀《まれ》に心得のない素人でも倒すことができる。だが任務で対峙する鬼は、そう簡単にはいかない。強力な、要《かなめ》となる存在が不可欠だ」

お喜久は、瑠璃の腰にさげられた黒刀をちらと見た。

「だから、あのクズが言ってたとおり、これは使えませんよ。手入れもしたことないから錆びついちまって、抜けたためしがないんです。何だってこんなのに期待するかなあ」

「なら錠吉、抜いてごらん」

錠吉はお喜久に促され、嫌々という様子の瑠璃から黒刀を受け取った。

「いやあ、やめた方がいいと思うけど」

錠吉は柄に手をかけた。力を入れ刀身を抜こうとするも、びくともしない。

「ああ、それ以上は駄目だって」

瑠璃が取り上げようとした時、錠吉は痛みを感じて咄嗟に柄から手を離した。上に向けられた掌を見ると、斬られたように裂けている。

「お、おい錠吉。大丈夫か？　どうしていきなり血が」

「だから言ったのに。これ、呪われてんのさ」

瑠璃は錠吉から刀を奪い取った。権三が慌てて懐から晒しを取り出し、錠吉の手を縛ってやる。

お喜久は刀を見ながら言った。

「妖刀なのにお前が持っていて何ともないことには、必ず意味がある。とにかく、行ってみればわかるだろう」

ぶつくさと続く瑠璃の小言を聞き流しながらしばらく歩き、開けた場所に着くと、お喜久はいきなり立ち止まった。

視線の先には、一人の女。島田髷《しまだまげ》を結い、鱗文《うろこもん》の袷に身を包んでいる。足場の悪い河原だというのに、女は足袋《たび》しか履いていなかった。川に向かって立ち、水面を見つめているようだ。

錠吉と権三の顔に緊張が走る。

「権三、注連縄を」

言われるがまま権三は巨大な注連縄の両端を握ると、剛力を活かして投網のように宙に広げた。注連縄が辺り二丈ほどを円形に囲って着地する。すると、河原に低いうなり声がこだました。

空気が徐々に冷えていく。悪寒を生じさせるような邪気は、女の立つ場所から漂ってきていた。

女は錠吉たちへと顔を向けた。そこにあったのは、がらんどうの目と口。額には、一寸足らずの角が見てとれた。

生者でないことは、一目瞭然だった。

「あれが、鬼……？　ただの伝承じゃなかったのか」

瑠璃は能面の内側で驚いているようだ。しかし胆が据わっているのか、すぐに気怠げな声音に戻る。

「そんで、わっちは何をすればいいんですか。鞘であれを殴れ、とか？」

錠吉は瑠璃の声に、笑みを押し殺しているかのような雰囲気を感じ取った。

「お前は見ているだけでいい」

「は？」

「二人とも、始めな」

錠吉と権三は法具をかまえ、鬼の前に立ちふさがった。

鬼は二人の姿を落ち窪んだ目に留めると、すぐさま地を蹴って襲いかかってくる。

背後からは、焦ったような瑠璃の声が聞こえていた。

「ちょっと、お内儀さん。見てるだけってどういうことですか。あの二人、本当に大丈夫なん……」

「鬼と向きあう覚悟がなければ意味がない。やる気でないなら、戦ったって死ぬだけだ。五十両も払って突き出しもせずに死なせてしまえば、楼主さまも許さないだろうしね」

お喜久は落ち着き払った様子で戦況を眺めている。

「覚悟って……言ってること滅茶苦茶ですよ。あの二人だって実戦経験はないに等しいんでしょう？　わっちを死なせるのは駄目で、二人ならどうなってもいいっていうんですか」

瑠璃は早口にまくし立てる。対するお喜久は能面を一瞥《いちべつ》して、ふっと冷たい笑みを漏らした。

「遊女を、黒雲の頭領を守るのがあの二人の役目。何もできない、したくないなら、見ていればいいというだけさ」

お喜久は独り言のように続けた。

「任務の真の目的は、退治そのものじゃない。退治によって、生者を守ることにあるんだ」

瑠璃は面の内側で唇を噛み、再び鬼に視線をやった。

錠吉と権三は鬼と善戦していた。連携の取れた動きで急所を突き、鬼を追い詰めていく。

だが、いくら胸を突こうが頭を殴りつけようが、鬼は傷一つ負わず二人の前に立ちはだかっていた。

鬼は腕を伸ばし、権三に向かって振りまわす。軽い動きに見えたにもかかわらず、受け止めた権三は金剛杵ごと吹き飛ばされ、注連縄の範囲を超えて川に落ちた。

「しまった、外に出たら……」

錠吉の悪い予感は的中した。川の中で立ち上がった権三は、こちらが見えていないかのように辺りを必死に見まわしていた。

権三が探るように周辺をまわっているのを見て、鬼は不思議そうに首をひねっている。しばらくすると薄ら笑いを浮かべ、錠吉へと向かってきた。

一人になってしまった錠吉は一転、防御をするので手一杯になった。鬼の振りまわす腕は硬く、地に沈められるほど重い。錫杖の先についた輪が、けたたましい金属音を奏でる。

次第に後退させられ、大きな石に乗り上げた錠吉は体勢を崩した。鬼は一気に飛びかかり、錠吉を地面に蹴り倒す。錫杖を持つ手を踏みつける。

拳が勢いよく振り上げられたのを見て、錠吉は目をつむった。

まぶたの裏に、涙を流す綾の顔が浮かんだ。

——ああ、あの時俺が黙って殺されておけば、綾さんは鬼にならずに済んだのかもしれない。ならば、せめてもの詫びに。

何かが激しくぶつかる音がして、錠吉は薄く目を開けた。

瑠璃が柳腰をひねり、脚を高くかざして、鬼の拳を草履《ぞうり》の裏で受け止めていた。割れた裾からは白く長い脚線美があらわになっている。

「いってえ……っ。これが女の力かよ」

よく見ると、瑠璃の脚は膂力に耐えかねるように震えている。

錠吉は唖然とした面持ちで、頭上で重なる鬼の拳と瑠璃の脚を見つめた。

鬼は忌々しげに吼《ほ》えると、勢いをつけて後方に退いた。身を屈め、再び向かってくる動作を見せる。

「瑠璃さん、刀を、刀を抜いてくださいっ」

「うるせえな、やってるよっ」

瑠璃は手にしていた刀をガシャガシャと揺さぶっていた。

「くそっ、あと少しで抜けそうなのに」

鬼は河原の石を蹴散らし、瑠璃に向かって躍りかかる。

その時、権三が鬼の横から金剛杵を振りまわした。鬼は後頭部をしたたかに打たれて吹き飛ぶ。

起き上がった錠吉が見まわすと、お喜久が注連縄の両端を結びなおしている姿が目に入った。

結界の内側に戻った権三はずぶ濡れのまま、鬼を金剛杵で押さえつけている。

「錠吉、早くこっちへ」

権三のもとへ駆けだそうとした矢先、鬼の激しい叫びが耳をつんざいた。鬼は金剛杵の隙間から腕を伸ばし、鋭い爪をふるう。

「権三っ」

左腕を押さえ、権三はうずくまった。裂かれた袖から赤い血が滴り落ちる。

刹那、結界内に満ちる空気が変わった。

「抜けろって言ってんだよ、このなまくらが」

瑠璃の怒鳴り声が響く。手に握られた柄が、滑るように動いた。

瑠璃はついに妖刀を引き抜いた。

その刀身は、錆びてなどいなかった。漆黒の色に鈍く光り、うら寒くなるほど剣呑《けんのん》な気をまとっている。

「抜けた……」

男たちがつぶやくと同時に、小石が擦れる音がした。

鬼は横にいる権三には目もくれず、瑠璃に向かって突進していた。

錠吉はすぐさま鬼の前に立ち、胴体を押さえこんだ。後を追いかけてきた権三も加わり、二人がかりで行く手を阻む。

交差する錫杖と金剛杵に前進できず、鬼は錯乱したようにわめき散らす。

「瑠璃さん、今です」

抜けた刀身を見つめていた瑠璃が、鬼へと視線を向ける。

寸の間、錠吉は嫌な不安に襲われた。能面の内側が、危うい笑みを浮かべた気がしたのだ。

瑠璃は駆けだし、交差する錫杖と金剛杵の間に、力任せに妖刀を突き立てた。ずぶ、と刃が肉を貫く。

鬼はわめかなくなった。

力がほどけ、体が砂と化していく。ややすると砂は風に流されて、鬼の姿は欠片《かけら》もなくなった。

「これが、鬼退治ってわけね」

刀を下ろした瑠璃が、ぼそりと独り言ちた。

錠吉は、我知らず瑠璃の横顔に向かって声を張り上げていた。

「あなた、生身でぶつかるなんて、自死と同じですよっ。たまたま刀を抜くことができたからよかったものの、何の考えもなしに突っこんでいくなんて」

対する瑠璃は悠然と能面の紐を解いていた。ちょっとくらいならいいよな、と言いながら面を外す。

美しい顔が夜闇にさらされた。そこには先ほど感じたような笑みはなく、十五の少女らしさが残る瞳は、穏やかに憂いを帯びていた。

錠吉は瑠璃の瞳を、言葉なく見つめた。

「怪我《けが》がないようで安心しました。しかし、大した豪気をお持ちで」

権三は緊張が解け、すっかり気が抜けたようだ。

「おう。あんたも腕の傷、深くはなさそうだな」

瑠璃は権三の腕をしばし眺めてから言った。

一部始終を見ていたお喜久が、三人に向かって呼びかける。

「これで任務完了だ。さあ、吉原に戻るよ」

気が収まらず、錠吉はまた口を開こうとする。瑠璃はそれを横目で見て、にっと笑った。

「いいじゃねえか、終わったんだから。わっち決めたよ。頭領の役目を引き受けよう。あんたらの動きもなかなかすごかった。これからよろしくな、錠さん、権さん」

と、錠吉は、瑠璃の手が微かに震えていることに気がついた。

――もしやこの人、権三がやられたと思って気迫が変わったのか。それに、俺をかばうために、丸腰で。

考えるよりも先に体が動き、錠吉は地面にひざまずいていた。

「はい。この先、命に代えてもあなたをお守りします、頭」

権三も頭を下げた。

「俺も誓います。どうか、俺たちを盾に使ってください」

「そういうのはいらねえよ。男が簡単に頭を下げるなんて、見てて気持ちのいいモンじゃねえぞ」

ぶっきらぼうに言うと、瑠璃はくたびれたようにため息をついた。

妖刀を肩にかけ、吉原に向かって歩きだした背中を、錠吉はしばらくの間見つめていた。

「俺は綾さんを救うどころか、散々苦しめて、鬼になるきっかけを作った挙げ句に殺してしまった。白無垢道中のあの日……鬼になった津笠さんがあなたを刺した時に、記憶が蘇ってきたんです。また同じ思いをしなければならないのか、今もただ座して見ているだけなのか、と。結局、俺はあの時ほとんど何もできませんでした。だから……」

錠吉は語り終えると、口を閉ざした。

瑠璃と権三は考えこむように俯いている。後から合流した栄二郎は洟をすりあげ、豊二郎も目元をごしごしとぬぐっていた。

やや置いて、瑠璃はそっと言葉を紡いだ。

「その綾って女子、錠さんに惚《ほ》れてたんだな。親身になって手を差し伸べてもらえて嬉しかったことだろう。きっと錠さんも、同じ気持ちだったんじゃないか」

錠吉はわずかに首を縦に振った。権三も眉を下げ、錠吉の肩にそっと大きな手を添える。

「遊女たちに言い寄られても眉ひとつ動かさないから不思議だったが、そういうことだったとはな。錠、よく話してくれた」

権三にしても、錠吉の過去や妙な態度になった理由を聞くに聞けず、長い間案じていたらしかった。

「……悪かったよ」

瑠璃は黙りこんでいる錠吉を見て、口を尖らせた。

「むやみやたらと飛雷に頼るのは、もうやめる。だから、前みたいに目を見て話してくれねえか」

下を向いていた錠吉は、驚いたように瑠璃を見やった。

「錠さんのことも権さんのことも、本当に頼りにしてるんだ。黒羽屋でも、黒雲でもだ。な、頼むよ。いつまでもいじけてないでさ」

「いじけてなど、いません」

錠吉はむっとした顔つきで反論した。おいらたちのことはっ、と双子が後ろから物申す。

瑠璃は大口を開けて笑っていた。

心底ほっとしたような面持ちで、権三が錠吉の肩を叩いた。

「さあ、戻ろう。さっき起こったこと、帰ってから色々と考える必要がありそうだしな。まずは休息だ」

錠吉は気が抜けたように頷いた。

去り際、瑠璃は先ほどいた場所を見返った。

六郷の土手には静かな夜の風が吹いている。長大な多摩川が、月を淡く映し出していた。

鬼の血だまりでできた池は、そこに残ったままだった。

九

一階の調理場から、まな板を叩く小気味よい音が聞こえてくる。ほのかな出汁《だし》の香りが漂い、中庭で落ち葉拾いをする禿たちが鼻を上に向ける。大広間に集まる遊女は客の愚痴や他愛もない話をしながら、めいめいが一時の休息をしていた。

大広間の一角、襖で閉ざされた内所にて、瑠璃は煙草盆を引き寄せる。

「鬼の血が残るなんて、やっぱり妙ですよ。鬼を退治したら血も砂になって消えるはず。あの犬鬼《けんき》は退治されたんじゃなくて、連れていかれたんだ」

長煙管に火をつけ、白い煙を吐き出しながら、六郷の土手で起きたことを想起した。

黒い血だまり。消えた鬼。

巷《ちまた》で噂され、お喜久が懸念していたことは、ついに瑠璃たちにとって無視できない現実になった。だが、鬼が何のために連れ去られたのかは皆目見当もつかなかった。

「花扇と花紫は、何も喋らなかったのかい」

お喜久は瑠璃の報告を聞きながら、文机に向かって書き物をしていた。

「何も。喋るどころかあの二人……どう見ても、生き鬼でした」

生き鬼とは、心の臓を地獄に売り渡すのと引き換えに、生きながらにして鬼となり絶大な力を得たもの。花扇と花紫が放っていた気は、瑠璃が使役する生き鬼、楢紅とよく似ていたのだ。

「花扇と花紫は、生き鬼になるほどの怨恨を抱えていたんでしょうか。そうだとして、あの目を覆う白布は……」

「傀儡にされたんだろうね。誰かに使役されている証だ」

お喜久は言いよどんだ瑠璃の言葉を、あっさり引き取った。視線は書き物をする手元に注いだままだ。

「黒雲の他にも鬼退治をする輩がいるという噂、覚えているだろう。おそらくそいつが、花扇と花紫を操っている」

お喜久の見解を聞いて、瑠璃は眉間に皺を寄せた。生き鬼になった二人を操る者が姿を見せなかったこと、鬼を連れ去るやり方が、どうにも気に食わなかった。

「のっぺらぼうは別にいる、か。今まで任務中に鉢あわせしたことなんてなかったのに、どうしてあの時は現れたのか。仰々しく鬼を縛る様を、まるでわっちらに見せつけているようでしたよ」

「何かしらの意図は感じるが、横取りをされたとはいえ鬼がいなくなったことには変わりない。報酬もちゃんと出ているのだから、心配はいらないよ」

煙を思いきり吸いこんでいた瑠璃は渋面になった。

黒雲の報酬はいつも依頼人からお喜久に前払いされていた。瑠璃たちが手を下さずとも、報酬はそのまま受け取ることができる。だがお喜久の物言いに、瑠璃は嫌なものを感じた。

「報酬の話をしたいんじゃありませんよ。それに、横取りなんてそんな言い方は……」

お喜久は苦言に耳を貸さず、書き終えた紙を丁寧に折り畳んでいる。瑠璃はお内儀の手元をちらと見た。

「それ、文ですよね」

折り畳まれた紙を見ながら尋ねる。

「誰に送るものです？　もしかして依頼人、とか？」

妓楼としての黒羽屋の業務にあまり関わらないお喜久が、文を送る相手。それ以外には思い当たらなかった。

お喜久は瑠璃を一瞥し、また文へと目を戻す。

「下手な詮索はしないことだ。さしずめ犬鬼が一年も放置されていたことに、疑問を感じてのことだろうが。骨まで食われて死骸が出なければ、依頼が来なかったのも当然だろう」

心の内を言い当てられ、瑠璃は眉間の皺を深めた。

「依頼人のことを知ってどうする？　お前は関係のないことに気を取られすぎだ。鬼の死因や怨恨の理由を錠吉たちによく調べさせているようだが、それとて任務には無意味なこと。お前がすべきなのは鬼退治。それ以上でも、以下でもない」

瑠璃は黙ってお喜久から顔を背けた。冷淡な言い草に怒りが沸々とこみ上げてくる。

——自分は指示するだけのくせに、偉そうに。体を張ってんのはわっちらだぞ。

怒鳴り散らしたい気持ちを抑え、荒々しく息を吐く。

「他に報告は？」

瑠璃の心情を知ってか知らずか、お喜久の声色は変わらない。

ふと思い出したように、瑠璃は、あっ、と声を上げた。横に置いてあった長細い箱を手に取る。

「そうだ、すっかり忘れちまってた。これ、土手で双子が見つけたんです」

お喜久は瑠璃が開いてみせた箱をのぞきこんだ。と、いつも感情を読み取れないお内儀の顔が一瞬、驚いたように変化したのを瑠璃は見逃さなかった。

箱の中には、三本の白い矢があった。葦《あし》の茎でできた白塗りの矢には銀の金具がつけられ、大鷲《おおわし》の尾羽で作られた矢羽も純白に輝いている。

後日、突然現れた花魁たちの痕跡を探るべく、双子は土手を調査した。そこで見つけたのが、三本の矢。矢は瑠璃たちと犬鬼が立っていた場所を囲むように、突き刺さった地点で巨大な三角形を成していた。

「双子は、結界の一種じゃないかと言っていました。何かご存知ありませんか」

白い矢は、双子が張った結界の範囲内に刺さっていた。何者かが注連縄の結界の内側に、矢の結界を張ったのだ。そうすることで、二体の傀儡を中へ送りこんだと考えられた。

「双子に結界の張り方を手ほどきしたのはお内儀さんだ。注連縄じゃない結界のことにも明るいかと思って」

瑠璃は探るようにお喜久を見つめる。しかし、お喜久はすでに元の無表情に戻っていた。

「これは古い結界の方式だ。辟邪《へきじや》の武《ぶ》、という。桃の木でできた弓、霊力がこめられた特殊な矢で、魔を封印する。元を辿れば内裏から穢れを祓《はら》う呪術的な武威で、平安《へいあん》朝の廃《すた》れたやり方さ」

鵺《ぬえ》退治をする源《みなもとのよりまさ》頼政の伝説は有名で、瑠璃も「源平盛衰記《げんぺいせいすいき》」で読んだことがあった。魔除けの儀式は節分《せつぶん》の追儺《ついな》に形を変え、今も引き継がれている。

「その矢は預かっておこう。微々たるものだがまだ霊力が残っている。お前の部屋に置いておいて、何かあってはいけない」

瑠璃は注意深くお喜久の様子を観察したが、お内儀の表情が変わることはもうなかった。内心で首を傾げながらも、お喜久に箱を手渡す。

「お前、このところ楢紅を使っていないだろう。なぜだい」

「はい？」

前触れもなく話題が変えられて、瑠璃は眉をひそめた。

「……使ってますよ」

「仕掛じゃない、目の方だ。龍神の力はまだ負担が大きすぎる。長期戦になればもたないだろう」

瑠璃は再び長煙管をくわえた。胸中には、鬱屈とした思いが立ちこめていた。

楢紅の真骨頂《しんこつちょう》は姿をくらます仕掛でなく、白布に隠された両目である。両目を見てしまった者は、人も鬼も妖も、もれなく消滅させられる。瑠璃にとって楢紅の目は、強力な切り札のはずだった。

しかし、津笠との一件から、楢紅を召喚するのが億劫になってしまった。楢紅の目を使えば任務を素早く終わらせられる。そう頭でわかっていても、代償となるものに疑問を抱いてからは、どうしても使う気になれなかった。

万物は死ぬと魂が天にのぼり、成仏する。そうして輪廻転生の理《ことわり》に戻り、やがて生まれ変わる。人々に広く伝えられている死生観は、龍神の宿世である瑠璃にとって実感であり、事実でもあった。

ところが楢紅の目は、鬼を魂ごと消してしまう。この世からも、あの世にも居場所がなくなって無となる。鬼に対してそこまでの仕打ちをするのが妥当なのかと、躊躇するようになったのだ。

「楢紅の目だって、使えば少なからず負荷がかかるんですよ。飛雷で対処できるなら、楢紅に頼らずとも……そんなことにまで口出ししないでもらえません？」

瑠璃は鬼の苦しみを理解していた。無垢な想いを死後に呪詛として噴出させ、結果として忌避されてしまう鬼に、同情もしていた。ただ、実際に鬼と向かいあう時、心の底から悦楽の情が沸き起こるのをいまだに抑えられなかった。

その心情に沿って本音を言えば、楢紅の目を使って鬼が苦しむ様を見たい。されど嗜虐《しぎゃく》の欲望に従うことは、瑠璃の核となっている心が許さなかった。相反する二つの心が、瑠璃を長らく苦しめ続けていたのである。

「龍神の力を使いこなすなんぞ一朝一夕にはできないはず。現に飛雷を使うたび、気を失っているじゃないか。鬼に向かって目を見せるだけで済む楢紅の方が、お前にとっても危険が少ないと言っているんだ」

いつになく多弁なお喜久に、瑠璃は口の端を歪ませた。

「は、まさかわっちの心配をしてくださるとでも？　ご冗談を。楢紅と契約した時、あれの瘴気《しょうき》に吞みこまれかけたことをお忘れですか。あんな気味の悪いモン、滅多なことで使いたくなんかありません。いまだに生き鬼になった経緯も、何も教えてもらってませんしね」

険のある物言いにお喜久はしばし黙った。が、動じる素振りは見られない。

「祟り堂の鬼は、複数の怨念が固まったものだった。あれ以降に似たような鬼はいたかい」

「何ですか急に、そんな前の話を……」

質問の意味を測りかね、瑠璃はかぶりを振った。

会話の流れなどお構いなしのお喜久と話すのは、調子が狂わされるばかりでいつも一苦労であった。

「誰かとの共鳴で鬼の力や姿形が変化するなど、そう頻繁に起こることじゃないはずだ」

「けれど、犬鬼も犬と共鳴していたのでは？」

「犬と……そんなことがありえるのか」

お喜久が何を考え、案じているかはわからなかった。尋ねたところで、いつものようにはぐらかされるのがオチである。

瑠璃はつまらなそうな顔をして、煙の輪っかを宙に吐いた。

「祟り堂といや、素っ裸でお楽しみだった夫婦の死に様、今でも目に焼きついちまってますよ。もう一人の噂の首謀者みたいに、さっさと逃げりゃよかったものを」

「ああ、もう一人はつい最近、死んだそうだ」

輪が天井に到達するのをぼけっと眺めていた瑠璃は、目を大きく見開いた。

「何で、どこでっ」

瑠璃の顔に狼狽《ろうばい》が浮かんでいるのを感じ取り、お喜久はさっと手を上げる。

「安心しな、お前は間違いなく鬼を退治した。もう一人は鬼じゃなく、人に殺されたんだ」

顔色が一変した瑠璃を抑えるかのように、お喜久は静かに話を続けた。

若狭堂を陥れた錺職人の一人は、とうに鎌倉町を離れていた。しかし、家移りと同時に、近隣の者たちから迫害を受けるようになったらしい。

──あすこの亭主は人殺しだ、殺した者に祟られている。おまけに手がけた金物も呪われているそうだよ。

根拠もない噂がどこからか生まれていた。そして真に受けた者の一人が怨霊退治のためととち狂い、亭主と女房、幼い子どもを刺し殺してしまったのだった。

「若狭堂に起こったことと、まるで同じじゃないですか」

瑠璃は愕然と声を漏らす。

「たまたま頭のおかしい奴がいて幼子まで殺されたのは気の毒だが、因果応報といったところかね。鬼の仕業でなく人災だったのだから、こちらが気にかける必要もないことさ」

お喜久はさも何でもないことのように言ってのける。瑠璃の手から火のくすぶった長煙管を取り上げると、煙草盆に雁首《がんくび》を打ちつけて灰を落とした。

「火の始末には気をつけな。少しの油断で大惨事になるんだから」

「……あい」

その後、内所を出て自室に戻った瑠璃は、倒れこむようにして三ツ布団の上に突っ伏した。

「ぶは、疲れたあ。あのお内儀との差し向かいは、やっぱりきついわ」

張り詰めた思考をほぐすように、長々と息を漏らす。

「任務の報告か。ご苦労じゃの」

出窓で日向ぼっこをしていた炎が、薄目を開ける。

「煮えきらん、という顔をしておるな」

瑠璃は布団に顔をうずめて黙っていた。そのうちむくりと起き上がると、夜見世なんてもうやってらんねえ、とつぶやいて再び長煙管に葉を詰めだした。


津笠の法要を終え、慈鏡寺から寮へと向かう瑠璃の先には、竹林の道が広がっていた。陽の光が遮られ、竹林の中は外界から閉ざされたように薄暗い。時折、強い風が吹いては竹をしならせ、葉を鳴らす。

御高祖頭巾を被った瑠璃はぼんやりと考えごとをしながら、急ぐでもなしに竹林の道を進んだ。

生き鬼となって現れた二人の花魁。奇妙な結界。連れ去られた鬼。謎は残ったままだったが、いくら考えても、答えは一端も見出《みいだ》すことができずにいた。

「大見世の花魁がこんなところで優雅に散歩とは、乙なものですね」

十字路に差しかかった時、不意に横から声がした。瑠璃は黙想から一気に引き戻され、声がした方を見やる。

一人の男が、竹林の間に立っていた。

大きな腹が突き出ているのが、着物に隠れていても目を引いた。頭には顔全体を覆い隠す白い奇特頭巾《きどくずきん》。目の部分だけ切りこみが入っているが、陰になっており、奥にある瞳をうかがい見ることはできない。

不審な佇まいに瑠璃は顔をしかめた。

「……人違いでしょう」

紫の頭巾を口元まで上げ、足早に立ち去ろうとする。いつから見られていたのか、男の気配をまったく感知できなかった自分に、些か落胆していた。

「いいえ、あなたの姿は一度見たら決して忘れることなどできません。その美しいお

「違いますかね、瑠璃花魁」

男は言いながら瑠璃の後を追ってきた。

瑠璃は素早く辺りに目を走らせたが、竹林には他に誰の気配もなかった。

吉原にいるべき遊女が外を出歩いているなど、誰かに知られては一大事だ。鳩尾《みぞおち》に一発当てて気絶させようかとも考えたが、すでに顔をはっきり見られている。何より、顔全体を隠しているのに堂々と話しかけてくるような男は不気味でしかない。関わらない方がいいと踏んだ瑠璃は、無視して歩みを早めた。

「おや、怖がらせてしまったか。無理もない。可憐でか弱き吉原の華が、人気のない場所で急に呼び止められては警戒して当然でしょう」

後ろからしつこく話しかけてくる男に、瑠璃はやむなく振り返った。瑠璃が立ち止まったのを見て、男も近づくのをやめる。二人は向かいあった。

「この先にある寮で養生をしていただけですよ。急ぎますので、これで」

「養生、そうでしたか。それは失礼」

男の声は頭巾の内側から聞こえるとはいえ、やたらくぐもっていた。聞き取りづらく耳障りな声音に、瑠璃は片眉を上げる。

「任務でお疲れなのですね。廓の中では花魁と呼ばれ、外に出れば鬼退治の英雄と呼ばれるのは、さぞ気苦労が絶えないことでしょう」

踵を返そうとしていた瑠璃は瞠目して、再び男に顔を向けた。

「あんた、誰だ」

動揺する瑠璃の表情を見てか、白頭巾の向こうからは満足したような気配が伝わってきた。

「せっかく吉原から六郷まで足を運ばれたのに、退治する鬼がいなくなったのでは、疲れも相当なものとお察しします」

「何者かと聞いている。返答次第じゃただでは済まさん」

鋭い目つきで誰何《すいか》するも、男は余裕を崩さない。瑠璃の質問には答えず喋々と話し続けた。

「あの犬鬼はあなたが手こずるほど強かった。だから、欲しくなってしまいましてね」

「あんたが、のっぺらぼう……」

白で覆われた顔は、なるほど夜になれば異形に見えてもおかしくない。

瑠璃の顔色は一変していた。

「あんたが犬鬼を連れていったのか？　花扇と花紫を使って？」

男は返事の代わりに、くつくつと笑い声を漏らしている。

——この声、どこかで……。

瑠璃は悟られないよう、平静を装って記憶を辿る。が、頭巾のせいでやはり男の声は聞きづらく、どうしても思い出すことができない。

「花扇と花紫は、なぜ生き鬼なんかになったんだ。あんたは知ってるんだろう」

「ああ、生き鬼だとお気づきでしたか。二人をご覧に入れたのも、結界の跡を残しておいたのもわざとですよ。こちらの存在を、黒雲の皆さんに知っていただきたくて」

さらりと放たれた男の発言に、瑠璃はとうとう困惑を隠せなくなった。

「どうして、その名を……」

黒雲の名は、関係者しか知りえない秘匿《ひとく》事項だった。瓦版にも「黒ずくめの五人衆」と記載されるのみで、真の名を知る者は他にいないはずである。

男は悦に入るように胸に手を当てた。

「同業者の名くらい、把握しておくべきだとは思いませんか。かねてからあなたにご挨拶したいと思っておりました。それが叶った」

今日はよき日だ、と頷いてみせる。

「同業だと？　だったらなぜ、犬鬼をその場で退治せずに連れ去ったんだ」

瑠璃は男の芝居がかった動きや慇懃《いんぎん》な喋り方に、無性に腹が立ち始めていた。意図せず顔が険しくなっていく。

「もちろん、後に行う退治のためですよ。ただ、こちらでは鬼退治とは言わず〝鬼狩り〟と呼んでいます。手の内はあまり明かしたくないので、詳しくは申し上げられませんが」

「鬼を狩るとは、くだらねえ言いまわしだ。あんたは生き鬼になった花扇と花紫を操ってるだけじゃねえか。どういう経緯で二人を傀儡にした」

瑠璃の剣幕に、男は肩をすくめた。

「質問攻めにあうのも悪くないですが、意外と鈍感なんですね。いや、純真というべきか」

「何を……」

「いいえ、お気になさらず。犬鬼はあの後きちんと処理しましたし、四君子の二人も丁重に扱っています。黒雲さんとは今後も仲よくさせていただきたいんだ、ですがお互いをさらけ出すのは少しずつがいい。男女の仲と同じようにね」

のらりくらりと疑問をかわし、思いどおりに口を割らない男に、瑠璃は焦りを感じつつあった。

「仲よくなんて、笑わせる。こんなところでいきなり接触してきて、何が目的だ」

じり、と後ずさりをする。何か仕掛けてくるのならば、負担は大きいが飛雷を胸から出そうと考えていた。

男は瑠璃の様子を見て、ひひ、と笑いをこぼす。

「申し遅れました。我らは〝鳩飼《はとか》い〟。今日はご挨拶をと思ったまで、危害を加えるつもりなど毛頭ありませんよ。あなたを守る男衆が黙っていないでしょうしね……それでは、どうぞお大事に」

恭《うやうや》しく一礼をすると、男は向きを変え、瑠璃とは別の方角に歩きだした。

雨の降りだしを告げる湿った風が、竹林を通り抜けていく。瑠璃は男の裾が風でわずかにめくれるのを見た。

男の足首には、小さな鳩の入れ墨が浮き上がっていた。

十

「まさか、黒雲の名が洩《も》れていたとは……驚いたよ」

瑠璃は鏡に向かって話しかける。昨日の男とのやり取りを回顧して、思いきりしかめ面をしていた。

「いけ好かねえ野郎でさ、まるでこっちのことはすべてお見通し、小馬鹿にした物言いが癇《かん》に障るったらないよ」

「鳩飼い、とそいつは言ったんですね」

錠吉が鏡の中の瑠璃に相槌を打つ。瑠璃の黒髪を丁寧にすきながら、瞳は、瑠璃の目を鏡越しに直視していた。

六郷での任務の後、錠吉の態度はようやく正常に戻った。瑠璃は元どおりに錠吉と話せるようになったことに、口には出さないが安堵していた。

「我ら、というからには一人ではないんでしょうね。花魁、その男に見覚えはなかったんですか」

「あんな気味の悪い白頭巾で隠してちゃ、たとえ顔を知っててもわかんないって。結局、花扇と花紫が何で生き鬼になったのかもはぐらかされちまったな、くそ」

瑠璃は荒っぽく息を吐いた。

黒雲の秘密をどこからか嗅ぎつけ、わざと痕跡を残して存在を気づかせる。単に挨拶をしたかった、という男の発言が本当とはとても思えない。しかし明かされた情報が少なすぎて、鳩飼いの魂胆など想像すらできなかった。

「ただ、あの声、どっかで聞いたことがある気がするんだよなあ」

眉間に皺を作り、考えこむようにうなる。

「花魁どのは怖い顔をしてばかりだ。あんまり顔に力を入れると、しわしわ婆になってしまうぞ？」

瑠璃と錠吉の背後から、こまが横やりを入れてきた。狛犬はお恋と将棋盤を挟んでいる。狸姿のお恋はこれ以上ないくらい盤上に顔を近づけ、次の一手を熟考していた。

「妖どものそういう失礼極まりないところ、たまに尊敬の念すら覚えるよ」

「何と、花魁どのに尊敬されるなど光栄の極みっ」

瑠璃が嫌味を放っても、狛犬には効かないようだ。

「よくわからんが、何か困りごとと見た。もしや疫病神《やくびょうがみ》にでも憑かれているのでは？

拙者からお稲荷さんたちに悪霊退散の祈願を……ああっ、お恋どの、そこに置かれては拙者が負けてしまうじゃないかっ」

「こまちゃん、そういう勝負だって言ったじゃないですかあ。ほうら、王手っ。うふふ」

容赦ない一手を受けて、こまは悔しそうになった。

「いいなあ、お前ら。悩みとかなさそうで」

よほど瑠璃の部屋を気に入ったのか、こまは毎日のように遊びに来ていた。お恋も自分と同じ付喪神のこまと遊びたがり、最近は得意の将棋をこまに教えるのが楽しみのようだ。

「つうか、悪霊退散の祈願だけで済むんだったら、もう黒雲はいらねえよ」

瑠璃は遠い目をして妖たちを眺めた。

黙って髪結いの作業に集中していた錠吉が、不意に口を開く。

「そういえば最近、寝癖が少ないですね。毎朝すごかったのに。どうかなさったんですか」

「ね、寝癖？　えっと、そう、最近は寝相がわっちなんかよりずっとひどい客ばっかでさ、布団の隅っこで寝てるから寝返りも打てなくて。鼾も嫌だけど、寝相が悪い客はもっときついよ」

瑠璃は早口に答える。

津笠の悪夢は、いまだに瑠璃を悩ませ続けていた。だが悪夢を見ているから、と真実を言ってはまた錠吉を心配させてしまう。咄嗟に嘘をついたのだった。

「……そうですか」

よく見ると、瑠璃の笑顔は引きつっている。錠吉は暗い面持ちで目を伏せた。しかしそれ以上は言わず、すき終わった髪に今度は水油をつけていく。

「ああっ」

瑠璃がいきなり大声を出したので、新たな一局に没頭していた妖たちは毛をぶわりと逆立てた。

「鼾が……そうだよ、何で気がつかなかったんだ」

「どうされたので？」

錠吉が怪訝そうに鏡を見る。

瑠璃は勢いよく錠吉を見返った。

「伝次郎だ。鳩飼いの男の声、伝次郎ので間違いない」

「何ですって」

瑠璃の頭には、大きな鼻をした油問屋の顔が浮かんでいたのだ。記憶を辿りながら錠吉に説明する。

「声がくぐもって聞こえたのは、頭巾のせいだけじゃなかったんだ。伝次郎は鼻が悪かったし、怪我したからって足首に晒しを巻いてた。あれは、入れ墨を隠すためだったんだ」

声の主に思い当たった途端、瑠璃は腸《はらわた》が煮えくり返る感覚を覚えていた。

「あの野郎、白々しい喋り方をしやがって。客として近づいてきた時も、わざと野暮なふりして本性を隠してたんだろうが、そうは問屋が卸さねえってんだ。伝次郎の店があるのは通油町だったよな。よし、今から行こう」

「待ってください」

急な話についていけず、錠吉は慌てたように瑠璃の頭をつかむと、鏡に向けて素早くまわし戻した。

「痛あっ。何でだよ、乗りこんでって、どういう了見か問い質《ただ》すんだ。早い方がいいだろ」

「向こうの目的がわからない以上、闇雲な行動は控えた方がいい。それに黒雲の名を知っていたのは、おそらく密偵がいるからだ。まずはそちらから攻めるべきです」

賢明な錠吉の意見に、瑠璃は逸りすぎていた気持ちを静めた。改まった様子で体ごと振り返り、錠吉と対座する。

「そうか、密偵……犬鬼の退治で鉢あわせしたのも、わっちらに近しい誰かが任務の情報を流したからかもな。でも、密偵なんてどうやって探す？」

錠吉は腕組みして右手を唇に当て、しばらく思索にふけっていた。整った眉を寄せると、何事か閃《ひらめ》いたように顔を上げる。

「これは憶測ですが」

そう前置きして、錠吉は座りなおした。

「鳩飼いは、四君子を狙っているのではないでしょうか」

「四君子を？　何のために」

「理由はわかりません。ただ、花扇さんと花紫さんを使役していることと、伝次郎が雛鶴さんの馴染み客であることから、そう思ったんです」

錠吉の意見が的を射ている気がして、瑠璃は口を引き結んだ。

「なるほど、可能性は大いにある。そういえば最近、雛鶴の顔を見てなかったな。まあ見世が違うんだから仕方ないけど」

気さくに笑う雛鶴の顔が思い浮かんだ。

あれから雛鶴は、道中で出くわすたび瑠璃に声をかけてきた。明け透けにものを言う瑠璃がかなり好印象だった様子で、お喋りに興じる姿はいつも楽しそうだった。互いに多忙なためじっくり話す時間は設けられなかったが、瑠璃も仲之町に雛鶴の姿がないか、探すのが癖になっていた。

「じゃあ、次は雛鶴が狙われるかもしれない。なら雛鶴のまわりを探れば、鳩飼いや密偵の尻尾をつかめるかもって、そういうことだろう？」

錠吉は首肯した。

「伝次郎が花魁の客でなくなった今、雛鶴さんにそれとなく探りを入れるのが最も無難でしょう」

「わかった。じゃあ明日にでも丁字屋に行ってみるよ」

「俺もお供します」

瑠璃はやんわりと首を横に振った。

「いや、せっかく雛鶴と気軽に話せるようになったことだし、二人きりで話すよ。錠さんは手土産の手配を頼む」

「ですが、もし鳩飼いが近くにいたら……」

「錠さんが黒雲の一員だってことは、きっともう洩れちまってる。一緒に行ったらそれこそ警戒されるよ」

錠吉はぐっと黙ったが、憂慮の色は隠しきれていなかった。瑠璃はそれを掻き消すように笑ってみせる。

「雛鶴とはいつもみたいに世間話をする感じで話すし、終わったらすぐ戻る。演技するのは得意なんだ、大丈夫だよ」

力強く言うと、錠吉は渋々といった顔つきで了承した。


秋の物悲しい風が、五丁町を歩く瑠璃の頬をくすぐる。日が傾いて、空は徐々に暗くなり始めていた。近くの田畑で野焼きをする臭いが風にのって漂ってくる。

大きな風呂敷包みを胸に抱え、江戸町二丁目にある目当ての場所まで辿り着くと、瑠璃は足を止めた。

中見世である丁字屋は、黒羽屋ほどの大きさはないものの、花魁を抱える見世としての風格を十分に備えていた。張見世部屋には四分の一が空いた半籬《はんまがき》の格子が施されている。

「ごめんくださいまし」

瑠璃が定紋の入った暖簾をくぐると、玄関奥から若い衆が一人、面食らったように飛んできた。

「これはこれは、黒羽屋の。少々お待ちくださいい、すぐに楼主を呼んで参りますから」

気を遣わなくていいと瑠璃が言うより先に、若い衆は大慌てで内所に駆けていく。

「瑠璃花魁ではないですか。お供も連れず、一体どうされたので」

丁字屋の楼主、彦蔵が、あたふたと羽織を引っかけながら玄関先までやってきた。

「忙しい時分にごめんなんし。雛鶴さんに会ってお話をしたいと思いんして、失礼を承知で参った次第なんです」

「え、雛鶴に……」

花魁が直々に、しかも一人で他店にやってくることなどない。彦蔵の顔は強張っていた。

「ああ、誤解なさらないで。実は五丁町の会合でお会いしてから雛鶴さんと仲よくさせていただくようになって、何かとお声をかけてもらっていたんです。近頃お顔を拝見していなかったものですから、お元気かなと思って」

瑠璃は彦蔵に向かって丁寧な辞儀をしてみせる。彦蔵はさらに慌てた様子だった。

「いやはや、そうでしたか。伝次郎さまの件で雛鶴と何かあったのではと、つい勘ぐってしまいました。わざわざ会いに来てくださるとは、さすが大見世の花魁は器が違う」

瑠璃は静かに首を振り、抱えていた大きな風呂敷を差し出した。

「よろしければどうぞ、塩瀬《しおせ》の詰め合わせでありんす。皆さんのお口にあうか心配ですが」

横に控えていた若い衆は、瑠璃から風呂敷を受け取るや、思った以上の重さに身を傾かせた。包みからのぞく大きな木箱の中には饅頭や羊羹《ようかん》、最中《もなか》がぎっしりと詰まっている。

どこまでも礼を尽くした瑠璃の態度に、彦蔵は大いに平伏した。

「いやあ、大変なお気遣いをさせてしまったようで。恐悦至極、ささ、どうぞお上がりください。すぐに雛鶴の部屋までご案内しましょう」

ふと、瑠璃は視線を感じて彦蔵の背後を見やる。瑠璃の急な来訪を、大広間にいる丁字屋の遊女や新造が、首を突き出してのぞいていた。

「これ、支度に戻りなさいっ。すみません瑠璃花魁、私の教育が至らないばかりに、お恥ずかしい」

瑠璃はたおやかな笑みを浮かべる。気品あふれる姿に、丁字屋の者たちは口を半開きにして見入っていた。

階段を上がりつつ、彦蔵は何度も瑠璃を振り返り、落ち着かない様子で話し続ける。

「黒羽屋の幸兵衛どのには、いつもよくしてもらっていまして。あの方も本当にできたお人だ。芝居や狂歌にも精通して、非常に垢抜けていらっしゃる」

「そうでござんしたか。聞かせたらきっと喜ぶでしょう」

瑠璃は適当な相槌を打ちながら、そっと辺りを見まわした。

一見したところ、丁字屋の内部に不穏な気配はない。ただ他の見世を訪れることなど初めてだったので、瑠璃はどこか居心地の悪さを感じていた。

「病のせいで雛鶴は一時期、かなり気落ちしていたんです。けれど出養生で全快してから例の浮気騒動で火がついて、遊女として心身ともに一皮剝けたようですよ。これもきっと、瑠璃花魁のご尽力のおかげですな」

「いえ、わっちは何も……」

「ただ、最近どうも体調がすぐれないようで。本人は月のものが重いからと言うんですが……そういえば今日は雛鶴の姿を見てないな」

瑠璃は階段の中腹で立ち止まった。

「まあ、それじゃお休みになられてるんじゃありんせんか？　今行ったらお邪魔になってしまうのでは」

瑠璃の遠慮を感じ取ったのか、彦蔵は愛想笑いをしながら手を振ってみせる。

「いえいえ、見世にも休まず出ていますし、大して悪くはないのでしょう」

「でも……」

その時、二階からガシャン、と陶器が割れるような音がした。

瑠璃は訝しげな視線を彦蔵に送る。が、彦蔵は話をするのに夢中で聞こえていないらしかった。

「天下の瑠璃花魁がいらしているのに、このままお帰しするわけには参りませんよ。さあ、どうぞどうぞ」

随分と適当な亡八《ぼうはち》だな、と瑠璃はこっそり嘆息した。鳩飼いの件で気が急いたのを少し後悔したが、彦蔵が張りきって階段をのぼっていくので、仕方なくそれに続く。

「さあ、この廊下の一番奥ですよ。瑠璃花魁と仲よくなれるなんて雛鶴は幸運だ。どうか人々を惹きつけてやまない魅力の極意を、一片でも雛鶴に授けてやってはもらえませんか。うちとしても、大見世の恩恵にあずかりたいものですからなあ」

ぺらぺらとよくまわる彦蔵の舌にうんざりしながら、二階の廊下を進んでいく。

奥へと進むにつれ、瑠璃は不可思議な臭いが漂っているのに気がついた。調理場から来る臭いとも違う。

「さあさ、ここですよ。少々お待ちくださいね」

彦蔵は恵比須顔で言うと、襖に向かって声をかける。

「雛鶴、雛鶴や。お前さんに来客だよ」

瑠璃は部屋の前に立った時、臭いが明らかな異臭だと感じていた。思わず鼻を袂で覆う。

「彦蔵どの、何か臭いませんか」

「臭う？　ああ、本当だ。秋になると鼻の調子が悪くなるので困ったものです。近くで野焼きでもしているんですかね」

言うと、再び襖に呼びかける。

「雛鶴、寝ているのか。特別なお客さまがいらしているんだ、開けさせてもらうよ」

「楼主どの、お待ちくださいっ」

彦蔵が襖に手をかけたのと同時に、丁字屋の番頭と思《おぼ》しき男が慌てたように廊下を駆けてきた。

「今入っては駄目です、その、伝次郎さまがまだ居続けをされていて」

「何だと、どうしてもっと早く言わないっ」

「楼主どのも把握されていると思って……」

浮気騒動の当事者が顔をそろえるのは非常にまずい。その上、瑠璃にとっては伝次郎は今や違う意味でも敵である。しかし、瑠璃は楼主と番頭の言い争いを聞いてはいなかった。

襖のわずかな隙間から、強烈な臭気とともに灰色の煙が漏れているのだ。

瑠璃は無言で彦蔵を押しのけた。襖に手を伸ばして勢いよく滑らせる。

開け放たれた雛鶴の座敷には、舐めるような火焔《かえん》が六畳ほどの円を描いていた。行灯の油が燃える臭い。畳が焦げていく音。妖しげに揺れ動く煙は部屋中に充満している。

火焔に囲まれるように、赤い長襦袢を着た雛鶴が、襖に背を向けて立っていた。

窓辺には、瑠璃たちの方を向いて倒れている男が一人。

伝次郎だった。

「あ、ああ……」

引きつった声を発する彦蔵の横で、瑠璃もまた目の前の光景に放心し、棒立ちになった。

夢か現《うつつ》か、判別することすらできなかった。

楼主の声に、雛鶴はゆっくりと振り向く。

口には、食いちぎられた男根がくわえられていた。ぽたぽたと血が顎を伝い、畳の上へと落ちていく。

呼吸すらも忘れた瑠璃の姿を目に留め、雛鶴はにたりと笑みを浮かべた。瞳孔は開ききり、口元は歯茎までをも剝き出しにしている。

「何を……何をしてんだよっ」

瑠璃の怒声を聞いて我に返った彦蔵と番頭は、足をもつれさせるようにして駆けだした。

「ひ、火だ、火事だ、逃げろっ。急いで金目の物を集めるんだ」

切羽詰まった楼主の声に、丁字屋のあちらこちらから一挙に悲鳴が上がる。

瑠璃は花魁としてのなりふりも忘れ、無我夢中で燃え盛る火焰へと突っこんでいった。

雛鶴の肩を乱暴にひっつかみ、火焰の輪の外へ引きずろうとする。

「何すんだい、触るなっ。わっちはここで死ぬんだよ」

金切り声でわめく雛鶴の口から、男根がこぼれ落ちた。

窓辺へと目をやった瑠璃は、伝次郎の着物の下腹部が、真っ赤に染まっているのに気がついた。

伝次郎はすでに絶命していた。

羽織の裾がちりちりと音を立てて燃えている。入れ墨を確かめたくとも足首の皮膚が焼けてしまっており、もはや確認することができない。

——鳩飼いの手がかりを探りに来たのに、死んだなんて。

雛鶴が身をよじり、言葉にならぬ叫び声を上げる。瑠璃は現実へと心を呼び戻した。

「来いっ。天水桶《てんすいおけ》くらいじゃもう間にあわない、早く逃げねえと」

吉原の通りには防火用に雨水を溜めた桶がいくつも配置されている。だが実際に火がまわってしまえば、その程度の水量では気休めにもならない。

「何が一人前だ、都合のいいこと言って騙《だま》しやがって。わっちは死ぬんだ、ぼろぼろのぐちゃぐちゃになって死ぬんだ、だったらここで潔く焼け死んだ方がましだ」

雛鶴は興奮しているせいで力が尋常でない。つかもうとする瑠璃は手こずっていた。煙が肺に入り、焦るほどに咳きこんでしまう。

「暴れるなっ。何をわけわかんねえこと言って……」

「瘡っかきは治らない、治ったと思っても見かけだけ、体中を這って、わっちを醜くして殺すんだ。明山姐さんと同じみたいに」

取っ組みあいをする二人の間に、ぽとりと滑り落ちるものがあった。瑠璃が視線を走らせる。人の皮膚だった。

はっとして雛鶴の顔を見ると、鼻の先端が腐り落ちている。目を凝らせば雛鶴の肌は異様に青白く、やまもものような発疹が所々にできていた。

「雛鶴、まさか瘡毒が……」

思わず躊躇して動きを止める。雛鶴は瑠璃の動揺を見てとるや、ほの暗い笑みを浮かべた。

「どう、これで遊女として一人前なんだってさ、笑えるでしょ。あんたもいずれこうなるよ。瘡を持ってきたの、この男だから。この爺はね、地獄からやってきたのさ」

光を失った伝次郎の目元や鼻には、雛鶴のものに似た発疹が何点か見えた。

「だから、殺したのか」

瑠璃は唇を引き結ぶともう一度、雛鶴の腰に手をまわす。

「離せ、離しやがれ、この偽善者っ」

懐に素早くもぐり、雛鶴の体を肩に持ち上げた。

火柱は壁を伝い天井にまで到達している。畳に巡らされた火焰の輪も、瑠璃の立つ範囲をじりじりと狭めてきていた。

罵《のの》りながら殴る蹴るをしてくる雛鶴を無視して、瑠璃は裾をたくし上げようとした。だが片手だけで重い衣裳の裾をからげるのは難しく、暴れる雛鶴の動きに手が滑ってしまう。

一か八か、このまま走って突っきるしかない。腹をくくった時、廊下から二人の若い衆が走ってきた。

「お前ら、そのままそこにいろ。しっかり受け止めろよっ」

瑠璃は雛鶴の体を投げ飛ばす。

慌てふためいていた若い衆は、倒れこみながらも雛鶴の体を受け止めた。

瑠璃は自由になった両手で裾をたくし上げ、ぐっと膝を折った。畳を蹴って跳び上がり、まだ燃えていない畳を選んで再び跳ぶ。転がるようにして辛くも廊下に出ることができた。

雛鶴の長襦袢、瑠璃の仕掛の裾には火が燃え移っていた。瑠璃は急いで仕掛を脱ぎ捨てる。若い衆たちも半纏《はんてん》を脱いで雛鶴についた火を叩き消す。

長襦袢の火を消せたと同時に、焼けた天井の一部が音を立てて落下した。

瑠璃たちは一斉に廊下を走りだした。

若い衆は背中に雛鶴を担ぎ、もう一人が手を添える。雛鶴は支離滅裂な言葉を吐き散らし、手足をばたつかせている。

早くも丁字屋の中は、逃げ惑う者たちで阿鼻叫喚《あびきょうかん》の地獄絵図と化していた。ぶつかりあいながら着の身着のまま外へと走る中に、大福帳と大きな木箱を抱える彦蔵の姿があった。

瑠璃は階段の手前で振り返る。火焔は広い空間に出て勢いを増し、廊下や中庭へ通じる柱を伝い始めていた。

「おい、火消し隊への知らせはやったのか」

怒鳴るように若い衆に聞くと、一人が首を振った。

「そんなことしたって無駄ですよ、火消しは来ません」

「何言ってるんだ。早くどうにかしないと、このままじゃ吉原が全焼しちまうだろうが」

若い衆は瑠璃の凄みにひるんだ。

「ご存知ないんですか。火消しは知らせを受けても、大門の向こうで見てるだけなんです。吉原は江戸の外として隔離されてますから、町火消しの対象には入っていない。あいつらは火事が起こっても、吉原の外に火が広がってからでないと動かないんですよ」

瑠璃は階段の途中で足を止めた。顔は青ざめ、紅が光る口元が震えている。

「ふざけんなっ。それじゃあ吉原にいる連中を、見殺しにするってのか」

雛鶴が若い衆の背で暴れながら、狂った笑い声を発した。だらしなく開いた口からはよだれが垂れている。

瑠璃は火が進む方向を見やり、逡巡した。

「誰かが、やらないと……」

「とにかく行きましょう。もう一階にまで火がまわっちまいそうだ」

「お前らはこのまま逃げろ。もしも雛鶴に何かあったら、絶対に許さねえからな」

言い終わるが早いか、瑠璃は階段を駆け上がっていた。

「瑠璃花魁、どこに行くんですかっ。早く大門へ向かわないと」

若い衆の声は、もはや瑠璃の耳には届いていなかった。

二階の廊下を駆け抜けた瑠璃は、火元から最も離れた端の部屋に飛びこんだ。まだ衣裳が邪魔だが、これ以上は脱いでいる時間すら惜しい。部屋の窓を開けると、桟にやおら足をかけた。外に背を向けるようにして窓枠に指をかける。窓から後ろ向きに全身を乗り出す。

体勢を整えると、窓枠を蹴って瓦屋根に右手を引っかけた。

両足が窓から離れ、体が宙に大きく揺れる。

「やべ……」

江戸町二丁目は、人々が甲高い悲鳴を上げ、倒れるようにして大門へと急ぐ姿であふれ返っていた。妓楼の屋根に遊女がぶらさがっていようが、誰も気に留める余裕などない。

滑り落ちそうになりつつ左手も屋根にかけ、壁面に足をつける。

腕力を振り絞って屋根に這いのぼった瑠璃の耳に、水道尻《すいどうじり》の火の見櫓《やぐら》から、激しく半鐘《はんしょう》が打ち鳴らされる音が響いてきた。

黄昏《たそがれ》に浮かぶ鱗雲《うろこぐも》は、おどろおどろしい色をして吉原の上空を覆っている。吹きすさぶ風が、衣裳の裾をひるがえす。

瑠璃の眼前には、逃げ惑う人々でごった返す不夜城の、変わり果てた情景が広がっていた。

「こんなに人が、いたのか」

夜見世の前で客が少なくとも、遊女、妓楼で働く男たち、吉原で生計を立てる者たちの数は一万を超える。大八車を引いた人の群れが大門へと一直線に連なっている光景は、あまりに異様だった。

雛鶴の部屋がある反対の端はすでに火焔で覆い尽くされ、瓦が崩れ始めていた。丁字屋の隣と裏手、その隣の妓楼にも火の粉が飛び、煙が立ちのぼっている。

瑠璃が立つ位置は風上になっており、南東から北西に向かって、火は威力を強めながら突き進んでいた。人々は五丁町の木戸に群がり、辺りの建物はすでにがらんどうになっている。

瑠璃は歯ぎしりをして、胸元に手を当てた。

「これ以上燃え広がったらうちの見世まで焼けちまうだろうが、くそったれ」

心の臓が、怒りに応じるかのように揺れる。

「おい飛雷、その馬鹿力を使う時だ。起きゃあがれ」

屋根に青い旋風が巻き起こった。瑠璃の胸にある黒い印が、刀傷を中心に螺旋《らせん》を描く。中からゆっくりと、飛雷の柄が出現した。

柄を胸から強引に引き抜く。青の旋風は激しさを増した。瑠璃の白い肌が、見る間に肥大した印でまだらになっていく。

あらわになった刀身に手を添え、昂《たかぶ》る気を静めるように強く目をつむった。

「火消しなら椿座にいた頃に見たことがある。確か、燃え広がる前に建物を壊すんだ」

木造の建物ならば、全焼まで四半刻とかからない。すでにその半分ほどが過ぎてしまっていた。

周辺の建物を一気に壊してから地上に降り、最後に火元である丁字屋を壊す。瑠璃は瞬時に火消しの段取りを頭の中で組み立てた。

覚悟を決め、飛雷を上空にかざした時。

心の臓が激しく跳ねた。

「う……っ」

体の中で、何かが暴れ狂う気配がする。気配は禍々しく笑いながら手足の先まで浸透し、瑠璃の心まで蝕《むしば》んだ。

飛雷の気配だった。邪龍の本性が、瑠璃の動揺につけこもうとしている。冷静になったつもりでも、荒波が立った心の隙を、飛雷は見逃さなかった。

「やめろ、今倒れるわけには……」

ドクン、と心の臓が容赦なく胸を打つ。瑠璃はたまらず膝をついた。

——嫌だ、乗っ取られるなんて、絶対に……。

――何も言えなくしたのは、お前じゃないか。

声がした。夢で聞いた、津笠の声であった。

青い旋風が弱まっていく。瑠璃の視線は宙をさまよう。

「津笠……やっぱりわっちを、まだ恨んでいるのか？」

火焔は猛威をふるい続けている。しかし、迷いが生じた瑠璃の心は、抗《あらが》うことをやめてしまった。

瑠璃は両手を瓦屋根についた。

誰かに呼ばれている気がした。まるで闇から手招きをされているかのような錯覚に陥り、動くことすらできなくなった。

だが、その声は何度も瑠璃を呼び続ける。それどころか、次第に瑠璃のそばへと近づいてきた。

「……らん、花魁、聞こえますか？　しっかりするんだ、瑠璃っ」

瑠璃は声の主を見上げた。

「錠、さん……？」

煤《すす》で真っ黒な顔をした錠吉が、瑠璃の肩を支えていた。なぜここに、と言いたげな瑠璃に、錠吉は安堵のため息を漏らした。

「勝手なことをとまた叱られるかもしれませんが、どうにも胸騒ぎがしたんです。花魁が出てから時間を置いて、追ってきました」

思い詰めたように瑠璃の瞳を正視する。錠吉の面差しには行き場のない後悔と、現実に立ち向かわんとする闘志が、激しくせめぎあっているように見えた。

――そうか……錠さんも、わっちと一緒なんだな。

錠吉に起こった過去の出来事、思いの丈を打ち明けられて、すべて解決した気になっていた。だが錠吉の心もまた、在《あ》りし日に縛られたままだったのだ――瑠璃の心と、同じように。

瓦が落下し、割れる音が鼓膜に届く。瑠璃は今置かれている状況を思い出した。錠吉に支えられながら立ち上がる。体を這っていた気配は消えた。津笠の声も、聞こえなかった。

「下がってろよ、錠さん」

瑠璃は目を見開き、飛雷を鋭い眼光で見据えると、朱色の空に向かって振り上げた。瞬間、刀身が五つに裂け、火の手が上がる建物に向かい急速に伸びていった。燃え盛る火焔の上でぴたりと止まる。裂けた刃は、五匹の巨大な黒い蛇へと形を変えた。

大蛇は火焔に向かって大きく口を開き、獰猛な牙を剝く。

「全焼なんかさせない。何が隔離、何が見てるだけだ。そんなのできるわけがねえだろっ」

柄を強く握りしめ、瑠璃は飛雷を渾身の力で振り下ろした。

刀身が鞭のごとくしなる。上空に浮かんだ黒い大蛇たちが鎌首《かまくび》を伸ばす。

衝撃音が、一帯に轟《とどろ》いた。

火焔で包まれた柱や壁は大蛇の牙で嚙み砕かれ、やかましい音をさせながら脆《もろ》くも崩れていく。

「沈めっ」

瑠璃は瓦屋根を踏みしめる足に一層の力をこめる。圧力で瓦にはひびが入った。瑠璃の全身を覆うまだら模様が両腕に集中していく。青い旋風が再び発生し、猛々しく立ちのぼる。

飛雷の柄を膂力の限界まで強く握りしめると、黒蛇も火を丸吞みするように地面へと沈みこんだ。

辺りを揺るがす低い地鳴りが、臓腑に重く響き渡る。

瑠璃は上がりきった息を必死に整え、柄を握る力を少しずつ緩めていく。するとと巨大な蛇は牙を収め、五つの刃となって戻ってきた。やがて元の形に収束した飛雷は、存分に暴れまわれて満悦したかのように、妖しく黒光りしていた。

瑠璃は屋根の上で再び膝をついた。錠吉が急いで駆け寄り、背中をさする。

全身の震えが止まらない。興奮を抑えるように目を閉じた。

——落ち着け、まだ終わっちゃいない。

体を覆う印が胸元に向かって引いていく。印が元の小さな三点に戻ると、瑠璃は大きく息を吐いた。

立ち上がって周囲を見渡す。大蛇に呑まれた周辺の建物は消し炭と化していた。しかし火の粉は予想以上に飛散しており、完全に消火しきれたわけではない。丁字屋もいまだ燃え続けている。

「花魁、まだ動けますか」

「ああ。ここも片づけるまでは安心できないからな」

だが瑠璃はこの時、飛雷を制御する力がもう残っていないことに気がついた。邪龍を鎮めるのには甚大な気力を消費する。飛雷の暴走は計算外で、力の配分を誤ってしまったのだ。

「とにかく地上に降り……」

改めて錠吉の方を向いた瑠璃は、愕然として寸の間、言葉を失った。

錠吉はうずくまっていた。全身の皮膚が焼けただれ、特に腕と胸の火傷《やけど》がひどい。煤だらけの顔にも、よく見れば大きな赤黒い傷があった。

「そんな、錠さんっ」

火の手が上がった丁字屋に飛びこんだ錠吉は、燃えて傾いた柱や障子を素手で掻き分け、瑠璃を探した。そうして瑠璃を見つけられないでいるうちに大火傷を負ってしまったのだ。

息をするのも辛いのか、錠吉の喉からは引きつるような呼吸音が漏れ聞こえてくる。

動転した瑠璃は辺りを見まわした。もう飛雷の力は使えない。今のままでは錠吉を屋根から降ろすこともできない。

その時、朱色の空を縫うようにして、巨大な赤獅子が向かってくる姿が目に留まった。赤獅子は空を躍動し、低く咆哮《ほうこう》する。

「瑠璃、無事か？」

「炎……早くこっちへ、急げっ」

赤獅子に変化《へんげ》した炎が屋根に降り立つや否や、瑠璃は波打つ鬣《たてがみ》に抱きついた。

「ああ炎、来てくれてありがとうよ。今、途方に暮れてたんだ」

「半鐘を聞いてな。錠吉よ、生きておるか？」

炎は瞬時に状況を把握したようだ。錠吉も炎に向かって苦しげに頷いた。

「瑠璃、錠吉を儂の背に」

瑠璃は痛みに喘ぐ錠吉の肩をできるだけ優しく支えると、赤獅子の大きな背中に乗せた。

「しっかりつかまるのじゃぞ。瑠璃、お前も早く乗れ」

「わっちはいい」

炎の背にうつ伏せになった錠吉が、狼狽したように顔を上げた。

「丁字屋の火も消さないと。わっち一人ならここから降りられるし、逃げようと思えば簡単だ。だから錠さん、そんな顔するな」

瑠璃は錠吉に大きく頷いてみせる。

「炎、錠さんの怪我は一刻を争う。早く安全な場所へ」

炎も瑠璃をしばらく見つめていたが、やがて向きを変えた。

「権三たちを呼んでくる。死ぬなよ、瑠璃」

赤獅子は屋根を蹴った。

「花魁……」

錠吉は瑠璃へ手を伸ばす。が、瑠璃はただ微笑んで、その手をつかまなかった。

赤獅子が空の彼方へ駆けていくのを見届けると、瑠璃は飛雷を前帯に差しこんだ。

両手で頬を叩き、自らを奮い立たせる。

龍神の力が使えない以上、自力で丁字屋を壊す方法を考えるしかない。気持ちだけが逸ったが、瑠璃はひとまず屋根から降りることにした。

屋根の端まで行き、地上を見下ろす。濛々《もうもう》とのぼる煙を吸いこまぬよう、袂で鼻を覆った。丁字屋は全焼が近い。瑠璃が立つ瓦屋根もいつ崩れるかわからない。

瑠璃は心を落ち着けると、屋根から飛んだ。

地面が見る見る迫ってくる。衝撃を緩和するため体勢を整える。地面に落下した瑠璃は、衣裳をはだけさせながら地を転がった。立膝をついて停止する。

「はあ、これくらいの動きなら何とか……」

無事に着地できたことに安堵したのも束の間、瑠璃の耳に女の笑い声が聞こえてきた。まさかと思い至り、丁字屋の中に目を凝らす。

玄関の暖簾はすでに燃え落ちている。火柱の向こうに一瞬、赤い長襦袢が見えた気がした。

激しい焦燥が瑠璃の心を襲った。

近くにあった天水桶へと走り寄る。手桶を引っつかむと、ざんぶと水を汲んで頭から被る。さらにもう一杯水を汲み、そのまま脇目もふらず丁字屋の玄関へ飛びこむ。

笑い声は、どうやら玄関から移動したようだ。瑠璃は体を掠め取ろうとする火焔にかまわず声のする方へ向かう。頰が焼ける感触がしたが、痛みは感じなかった。

辿り着いたのは大広間。燃え盛る火焔の中心で、雛鶴が愉快そうに笑い声を上げていた。

瑠璃は目を疑った。

「あんた、何でまだここにいるんだよっ。一緒にいた若い衆たちはどうした」

まわりを見ても、他には誰も残っていない。広々とした大広間は火元から最も離れた位置にあった。とはいえ火は間もなく、大広間をも覆い尽くすだろう。

雛鶴は瑠璃の存在に気づき、笑顔を向けた。

「みいんな、逃げたよ。いっぱいいっぱい暴れたら、皆、これじゃ連れてけないとか言って、わっちを置いてった。く、くふ」

堪《こら》えきれないとでも言いたげに口を押さえ、笑みを漏らす。

丁字屋は、暴れて手がつけられない雛鶴を見捨てたのだ。それを理解した瑠璃は、血が出るほど強く唇を嚙んだ。

雛鶴は笑いながら、目からぽろぽろと涙をこぼしていた。

「ねえ、あんたは、わっちと一緒にいてくれる？」

大広間に充満する煙で、互いの姿がぼやけて見える。

瑠璃は手にしていた天水桶を置き、雛鶴のそばへ駆け寄った。

「悪いが、あんたと心中するつもりなんかない」

帯をつかもうと手を伸ばす。

「離してっ。ここが死に場所なんだ、奪わないでよ。散々しんどい思いをして、何でも見世の言うとおりにしてきたのに、そのせいで死んじまうのに、死に方すら好きにさせてくれないっていうの」

雛鶴は激しく身を震わせ、叫ぶように訴えた。

「もう、生きていたくない。嫌ならあんたも置いて逃げればいいじゃないか。わっちはここから逃げても、どうせ待っているのは火つけの咎めだけ。でも死んだら逃げられる、死んでしまえば、何もかも勝ちなんだ。あの方が教えてくれたんだから間違いないわ」

「待て、まさか誰かにそう言われたのか？」

「そうよ。苦しくてどうしようもなくなったら、火をつければいい。どうせ苦しんで死ぬなら、瘡も憎い妓楼も、すべて燃やしてしまえばいい、ってね。ふふ」

心を病んだ雛鶴に火つけをするよう、ささやいた者がいる。瑠璃にとっては許しがたい事実であった。

「不思議よね、体がふわふわ軽くって、本当に楽になれそうなんだもの。なのにどうして、邪魔するのよっ」

錯乱して口の端に泡を吐き、雛鶴は先ほどよりも強くもがいていた。無理やり出口へ引きずろうとする瑠璃の腕に爪を食いこませ、力任せに嚙みつく。

「つ……っ」

瑠璃は思わず雛鶴から手を離した。腕から血が滴り落ちる。

なおも諦めずにつかみなおそうとした瞬間、大広間の景色がぐにゃりと曲がった気がした。

「くそ、こんな時に……」

龍神の真の力を使った反動が、今になってやってきたのだ。瑠璃は苦々しく舌打ちをした。

一方で雛鶴は瑠璃から解放され、火柱に囲まれながら軽やかに舞いを舞っている。

「明山姐さん、今行くよ。また一緒に菓子を食べようね。芝居の話をたくさんして、可愛いべべを選んで、座敷で一緒に踊るんだ」

瑠璃は雛鶴の額に、小さな突起が脈打っているのを見た。

——もしここで、このまま死なせたら。

津笠の面影が脳裏をよぎる。鬼になる兆候を、勝手な解釈で楽観視した己の愚かさ。そのせいで救えなかった友。罪悪感に苦しみ抜いた日々。

ここまで来て雛鶴を見捨てるという選択は、瑠璃にはどうしてもできなかった。もし見捨てれば、二度と前を向くことはかなわず、元いた場所にも戻れないだろう。

確信めいた衝動だけが、瑠璃を突き動かしていた。

「雛鶴。あんた、死んだら勝ちだなんて、本心では違うんだろ」

絞り出すような瑠璃の声に、雛鶴は振り向いた。

「本当は、生きたいから火をつけたんだろ。希望を捨てずに向きあえば助かるかもしれない。一人じゃ無理でも、わっちが支える。生半《なまなか》な気持ちで言ってるんじゃない、必ず一緒にいるよ。だからこんなところで死ぬな、お願いだ」

雛鶴はもう、笑っていなかった。閉ざした口が震え、目から大粒の涙があふれる。

「瑠璃さん、わっち……」

声が揺れたかと思うと、顔を覆い、畳にくずおれた。

雛鶴は声を嗄《か》らさんばかりに泣き叫んだ。大広間に響き渡る悲痛な泣き声は、孤独と恐怖に満ちていた。

「何も言うな。わかってるから」

雛鶴の痛みが、心の叫びが、瑠璃の肌を通って魂にまで伝わってくるようだった。

刹那、雪崩《なだれ》のような轟音がした。瑠璃はよろめきながら天井を見上げる。

燃える梁《はり》が、雛鶴の頭上に落ちてきた。

「危ないっ」

瑠璃は咄嗟に雛鶴を突き飛ばした。

梁が畳の上に派手に沈む。欠片がぱらぱらと落ちる。

大広間に、瑠璃の絶叫がこだました。

木の破片が、雛鶴をかばった瑠璃の脇腹と左脚に突き刺さり、畳の上に縫い止めていた。どくどくと流れる血が畳に広がっていく。飛雷は倒れた拍子に前帯から抜け、瑠璃から離れた位置に転がっていた。

「ああ、わっちのせいで、瑠璃さん……」

火焔が舐めるようにして二人に這い寄る。煙で視界が霞み、目を開けていることすらままならない。四方を囲む火柱の気配を、瑠璃は総身で感じていた。

「雛鶴、そこに天水桶があるだろう。中の水を被ってあんたは先に逃げるんだ。もうすぐ仲間が助けに来るはずだから、後で会おう」

「そんなこと、できな……」

「いいから行けっ」

瑠璃の鋭い声に、雛鶴は身をすくませた。

「わ、わかったわ。わっちも誰か呼んでくる」

震える声で言うと、雛鶴は天水桶を手にした。

「瑠璃さん、必ず戻るから。約束よ」

雛鶴は勢いよく水を頭から被った。炎の威力にひるみつつも玄関へ向かっていく。

――よかった。これできっと、雛鶴は病と向きあえる。助けられたんだ、今度こそ。

瑠璃は雛鶴の足が遠ざかっていくのを見ながら、自分の意識が限界に近いことを感じ取っていた。

「どうして、ぬしさまがここに……」

驚愕したような雛鶴の声に、瑠璃は薄く目を開けた。

小さな悲鳴に続いて、倒れるような音がする。

「雛鶴？」

目を凝らすと、大広間を出る手前で倒れている雛鶴の姿が、ぼんやり見えた。

瑠璃は破片を抜こうと背中に手をまわす。途端、脇腹に激痛が走り、再び激しい叫び声を上げげた。

ありったけの気力で飛雷をつかもうとするも、動けない瑠璃の体からは遠すぎた。

視界がひどくぼやける。強烈な眠気が瑠璃を襲ってきていた。

「もう少しなのに、雛鶴、起きろ」

瑠璃は力を失った手を雛鶴に向けて伸ばす。だが届くはずもなく、つかむのは形のない煙ばかり。

すると煙の中に、見覚えのある灰色の毛並みが映りこんだ。

「こま……」

狛犬は火柱を跳んでよけ、目の前まで走ってくると、労《いた》わるように瑠璃の手の甲を舐めた。

「こま、来てくれたのか。急いで雛鶴を外へ、今ならまだ間にあうかもしれないんだ」

弱々しくなった声を振り絞って訴える。

こまは瑠璃の顔を、無言で見下ろしていた。

「こ、ま」

狛犬の背後から、男の足がこちらへ近づいてくるのが見えた。その足首には、鳩の入れ墨が浮かんでいた。

ガラガラと天井が焼け落ちる音が、瑠璃の意識から遠のいていく。最後に聞こえたのは、嘲笑《あざわら》うような男の声だった。

終

重苦しい雨雲が垂れこめ、遠くから轟く雷のうねりが真夜中の空気を震わせる。湿りけのある風が草を、木々を揺らしていた。生き物たちは訪れる雨におびえるかのように静まり、夜闇の中で身を潜めている。

破れ寺の境内に、黒の着流しに身を包んだ人影が姿を現した。

瑠璃は楢紅の仕掛を脱ぎ、今倒したばかりの鬼を、暗い目で見下ろした。

信用していた夫に毒を盛られ、死んで鬼になった者だった。鬼は黒い血を胸から流しながら、砂になっていく。

「頭、お疲れさまです。お怪我はありませんか」

錠吉に後ろから声をかけられて、瑠璃は朽ちていく鬼を見ながら頷いた。

「ああ。錠さんと権さんが追いこんでくれたおかげで、簡単に近づけた。双子もご苦労さん、もう結界は解いていいよ」

権三と豊二郎、栄二郎も瑠璃のそばに集い、全員で鬼が消えていく様を見守る。
瑠璃は癒《い》えきっていない脇腹が、痛みを主張してくるのを感じていた。

火事は発見が早かったことと瑠璃の捨て身の行動によって、江戸町二丁目、角町《すみちょう》の妓楼が十軒ほど焼失しただけで抑えられた。火傷による負傷者は二百を優に超えていたが、火の手が上がったが最後、全焼を待つしかない吉原の宿命を考えれば、死者がいなかったのは奇跡と言える。

瑠璃が発現させた黒の大蛇は、「火焔地獄に降り立ちし八岐大蛇《やまたのおろち》」と題して瓦版に大きく取り上げられた。逃げ惑う人々の目に映った、火を呑む大蛇。その姿は伝説を思わせたのだろう。幸運なことに、屋根に立つ瑠璃の姿までは見られていなかった。火事はそれほどまでに、人々に差し迫る命の危機を感じさせていたのである。

一方、上空を駆ける赤獅子の姿は、事態を把握したお喜久によって隠された。お喜久は津笠との戦いでも使用した結界、「金色の注連縄」を炎に施し、瑠璃が火元に残っていることを知らされた権三と双子は、大急ぎで丁字屋へと向かった。三人が駆けつけた時には、瑠璃は崩れた天井と、火焔に囲まれるようにして気を失っていた。

脇腹と左脚の負傷が著しく、常人なら出血過多で死んでもおかしくない状態であった。しかし、まる一月の間動くことがかなわなかったものの、瑠璃は持ち前の生命力で一命を取り留めていた。

事の発端を知ったお喜久は、瑠璃も病をうつされたのではと懸念した。ところが龍神の加護があってか、瘡毒の症状は瑠璃の体には現れていなかった。瑠璃は馴染み客である医者の喜一に、瘡毒の委細について尋ねた。そうして瘡毒の実態を知ることになる。

鳥屋につき、一時は回復したように見えても、瘡毒は体内で着々と進行する。瘡毒には山帰来《さんきらい》という薬があてがわれるが、効果のない気休めのような代物で、完全な治療法はなかった。出養生をしたところで完治することはまずなく、やがて再発して、ゆっくりと死へ導かれていくのだ。

雛鶴は出養生を経て復帰したものの、例によって再発し、現れた発疹を白粉で隠していた。瘡毒の患者であった姉女郎、明山の死に様に自分が重なり、同じ運命なのかと絶望に暮れていたところにやってきたのが、伝次郎だった。

伝次郎はかの社交場、地獄の常連でもあった。火事の直前、そこで瘡をうつされたのだと周囲に自慢げに話していたのだ。瘡毒が一流の花柳客の証という風潮を疑わず、鼻が欠損するのを笑い飛ばす有様で、おそらくは雛鶴にも同じ調子でふるまったのだろう。

雛鶴が瘡毒に罹った時期から考えれば、伝次郎が感染源である可能性は低い。が、その態度が雛鶴を乱心させ、火つけという凶行の火種となったことは、疑いようもなかった。

全壊寸前だった丁字屋から救出されたのは、瑠璃ただ一人。焼け跡の片づけが行われるも、出てきたのは伝次郎の死体のみであった。

瑠璃は破れ寺で能面を外し、地面を見たまま黙りこくっていた。

楓樹の仕掛を元どおりに羽織った栖紅は、主の命令を待つかのように微笑をたたえて宙に浮いている。

「もうじき雨が来ます……頭、深川《ふかがわ》へ戻りましょう」

錠吉がそっと瑠璃を促した。

黒羽屋は火事により三分の一が焦げてしまった。丁字屋から仲之町を挟んで離れていた黒羽屋だったが、運の悪いことに位置していたのは風下だった。仲之町に植えられた木に飛び火したことで、延焼の憂き目にあったのだ。そのため、吉原から歩いて半刻ほど南に位置する深川に仮の妓楼を設置し、修繕が終わるまでは仮宅で営業することが決まったのである。

瑠璃は顔を上げ、錠吉と向かいあった。しかし、何かを言いあぐねるように黙したままだ。

「炎もきっと頭の帰りを待ってますよ。よかったら、炎へのお礼に何を贈ればいいか、一緒に考えてくれませんか」

錠吉は穏やかに微笑んだ。

赤獅子に変化した炎は、権三たちに瑠璃の居場所を伝えた後、錠吉を慈鏡寺へと連れていった。

巨大な赤獅子と、数年ぶりに見る弟子が大火傷を負っているのを見た安徳の驚きようは、言うまでもない。直ちに応急処置を行い、駆けつけた近くの医者によって治療が施された。皮膚が焼け、肉がえぐれた傷口は、直視しがたいほど痛々しかった。

だが、錠吉の気力が屈することはなかった。

呼吸をするごとに激痛が走り、水疱の破裂が体力を削いでこようとも、錠吉は強靱な精神力で治療に耐え、再び立ち上がれるまでに回復した。

「錠さん、手……まだ痛むかえ」

瑠璃は晒しが巻かれた錠吉の手を見た。うっすらと血が滲んでいる。胸から顎の辺りにかけても晒しが巻かれ、治療がいかに壮絶なものだったかを物語っていた。凜々しい顔、額の左側にも、大きな傷跡があった。

「ええ少しだけ。頭こそ、怪我の具合はいかがですか。今ので傷口が開いてはいませんか」

錠吉の視線が、瑠璃の脇腹と左脚へ移っていく。瑠璃が負った傷もまた、完治には至っていなかった。

「わっちの傷なんか、龍神の馬鹿みたいな治癒力でどうせ治る。でも、わっちが突っ走ったせいで、錠さんは……」

不甲斐なさがこみ上げ、瑠璃は地面を睨みつけた。

錠吉が負った火傷は命に関わるものではなくなっていたが、痕がそのまま残ってしまうと医者に告げられていた。

瑠璃の思いを察し、錠吉は眉を下げた。

「いいんですよ。この体が、あなたのものじゃなくて本当によかった。吉原が全焼せずに済んだのはあなたがいたからだ。どうかご自分を大切に、誇りに思ってください」

瑠璃は錠吉の瞳を正視した。錠吉もまた、瑠璃をまっすぐに見つめていた。

「錠さん、ありがとう。錠さんがいたから飛雷の暴走を止められた。おかげでやっと、迷いが消えたよ」

——お前さんに会えて本当によかった。瑠璃、ありがとう。

かつて見た、津笠の優しい顔が浮かんだ。

「過去に起こったことは消せないし、消しちゃならない。けど、現実から目を背けるのも償いとは違う」

瑠璃は思い出したのだ。津笠が己の怨念と葛藤していたことを。やり場のない恨みを吐き出し、瑠璃までも傷つけてしまう己の存在を悔やみ、もがいていたことを。

瑠璃が鬼になった津笠を倒したことで、津笠は怨念から解放された。にもかかわらず、当の瑠璃がいつまでも後悔していることは津笠の魂への冒瀆《ぼうとく》なのだと、ようやく気づいたのだった。

——夢なんかに惑わされるなんて、情けない。わっちが知ってる津笠を信じないで、どうするんだ。

瑠璃が津笠の悪夢を見ることは、もうなくなっていた。

「決めたんだ。わっちは、ひまりの姐さんになる。けじめになるかはわからないけど、ひまりは津笠の形見みたいなモンだし、大事にしてた。だから遺志を継いで守ってやりたい。過去も、今も、どっちも大切にしたいんだ」

瑠璃の決意を、錠吉は静かに傾聴していた。

「あなたらしくて、いいと思います」

優しく言った後、何かを思い起こすように目を閉じる。

「ずっと考えていたんです。なぜ、鬼になった綾さんが、俺を殺さなかったのか。俺が生かされた意味を」

自らの思いを訥々《とつとつ》と語る錠吉を、瑠璃も権三たちも、黙って見守った。

「俺は鬼になった綾さんの姿を見て、恐ろしいと思ってしまった。この人と一緒にいられたら、と心浮き立っていたはずなのに、鬼の形相に恐れをなして、命乞いをした。もし綾さんも俺を憎からず思ってくれていたのなら……俺の態度は、きっと綾さんを、さらに深く傷つけた」

錠吉は錫杖を握る手に力をこめた。晒しに滲む血が地面に滴る。瑠璃は錠吉の心情を思い、止めなかった。

「綾さんを救いたかった、この気持ちは嘘じゃない。だから黒雲に入った。同志ができて、想いが強くなった。でも、ただ想いが強ければいいというものじゃない。力がなければ何も救えない」

破れ寺に満ちる空気は重く、厳然としていた。錠吉は自らに語りかけるかのように言葉を継いだ。

「焦っていたのは俺の方だ。皆に心配をかけてあなたにも叱られたけれど、がむしゃらに動くこと以外、道が見えなかった。その結果が、これです。またあなたに守られてしまった。俺は、昔も今も弱いままだ」

赤くなった晒しを見つめる。

悔いを抱えて生きることがせめてもの罪滅ぼしだと、錠吉は心のどこかで思っていた。だが果たして、綾は本当にそれを望むのだろうか。

しばらく思いを巡らせてから、顔を上げた。

「強くなります。けれど、もう心を置き去りにはしない。鬼と向きあうために真に大切なのは、肉体の強さではないと、気づいたから……鬼にならざるをえなかった綾さんのような存在を、ともに戦う同志を、守るために。それが俺の使命です」

心の中の綾は、錠吉に笑顔を向けていた。

――忘れるわけじゃない、忘れてなるものか。あなたが心安らかに眠れるよう、毎夜祈りましょう。叶うならば、俺を見守っていてください。

錠吉は泣いていた。

瑠璃の目には、決意に魂を燃やす、錠吉の強い眼差しが映っていた。

二人は傷ついた互いの姿を黙って見つめる。今この時、二つの心は同じ想いを抱いていた。

自責の念から作り出してしまった、大切な人の幻影。そして過去に囚われた自分自身の心が、解放された瞬間だった。

やがて二人は、深く頷きあった。

「錠さん、帰ったらおいらが晒しを巻きなおしてあげるよ」

「瑠璃の薬もまたもらってこねえとな。二人とも早く治してくれよ。医者のところに遣いに行くの、面倒くせえんだから」

双子が二人のそばに寄ってくる。栄二郎も、減らず口を叩く豊二郎も、やはり目を潤ませていた。

「錠よ、痕が残るのは本当に残念だが……より男前になったと、俺は思うぞ」

権三がそっと錠吉に声をかける。

瑠璃と錠吉は仲間たちの様子をそれぞれ見て、温かな笑みを浮かべた。

「ひひ、もう退治が済んでいましたか。これはお見事だ」

場違いな拍手とともに、草履が地を滑る音がした。

五人は一斉に声の主へと目をやった。

慈鏡寺近くの竹林で出会った、あの男だった。

今は後ろに一人の童子を従えている。白い矢がのぞく矢筒と弓を肩にかけた童子は、双子より背が低く、十歳ほどに見える。男と童子はそれぞれ頭巾ではなく、白布で顔全体を覆っていた。

男の両脇には花扇と花紫、足元には、狛犬の姿があった。

「てめえ、やっぱり伝次郎とは別人だったんだな」

低く発した瑠璃の声には、微かな憎しみがまじっていた。錠吉と権三がそれを察し、頭領を隠すようにして前に立つ。

「いつまで伝次郎のふりをしている。あいつが死んでいたのはこの目で見たんだ」

伝次郎は焼死体となって発見されている。そして瑠璃が気を失う前に見た、鳩の入れ墨。つまり伝次郎と、瑠璃が追っていたこの男は、まったくの別人だったのだ。

男は耳障りな拍手をやめた。着物の中に手を差しこむと、丸めた布を地面に捨てる。伝次郎の体形に似せるため、腹に詰め物をしていたようだ。

「まさかあの火事で生き残るとは、驚きですよ。しぶといお方だ」

くぐもった声を揺らし、楽しげに笑う。

「頭、これが鳩飼いとかいう奴らですかい」

権三が背中越しに尋ねた。

「加えて雛鶴を連れ去ったのもこいつらだ。違うか、こま」

瑠璃は冷たい眼差しを狛犬に向けた。こまは男の足元につき従うようにして座っている。

「まさかお前が、わっちらの情報を流す密偵だったとはね。妖にそんな真似ができるとは思わなかったから、まんまと騙されたよ。裏切り者」

黒雲の情報を洩らしていたのは、こまだった。

こまがいたからこそ、鳩飼いは黒雲の名や任務内容を知ることができた。火事が起こったあの日、瑠璃が丁字屋に行くことも、こまが男に知らせていたのだ。

瑠璃に冷ややかな目を向けられても、狛犬は何も言わない。

「こま、ですか。名前までつけて可愛がるとは、女子らしい一面がおありなのですね」

「雛鶴をどこへやった。無事なのか」

鼻につく話し方をする男を、瑠璃は睨みつけた。

「会いたいですか？　仲がよろしかったようですし、お気持ちはわかりますよ。では、お望みどおりに」

男は背後に控える童子へ視線を送る。童子は矢筒から白い矢を一本抜くと、矢じりを男に向けて差し出す。

男は指先を矢じりに押し当てて傷つけ、地面に血を垂らした。

「おいで、雛鶴。お友だちが呼んでるよ」

血が滴った地面が柔くなり、渦を巻いていく。

瑠璃たちが見ている前で、渦の中から松葉簪がのぞいたかと思うと、雛鶴が姿を現した。

華やかな杏色の仕掛には、銀糸で織り出した竹の文様が輝いている。髪を結い上げた雛鶴の頭には目と鼻を覆う白布、全身には晒しが巻かれ、肌を包み隠していた。

紅を塗った真っ赤な口元だけを生々しく光らせ、雛鶴は無言で宙に浮いている。

「嘘だ」

瑠璃は硬直した。

雛鶴からは生者の気配が失せ、代わりに生き鬼特有の、禍々しい瘴気を放っていた。

冷たい雨が、ぽつぽつと地面を濡らし始める。

「どうです、綺麗でしょう。これで四君子の三人がそろった。ただ焦げた長襦袢は新しいものに替えられても、瘡毒の痕はねえ、隠すしかなくって。少し残念です」

男は雛鶴の手を取り、愛おしげに頬ずりをした。

「てめえが、生き鬼にしたのか……？　無理やり……」

生き鬼は、少なくとも自らの意思でなるものだと瑠璃は思っていた。

男がした行為を悟り、前に立つ二人をはねのけようと身を乗り出す。頭領の激昂を感知した錠吉と権三は、猛進しようとする体を必死に制止した。

「頭、今は抑えてください」

「あの男、狂ってる。何をしてくるかわかったもんじゃない」

「だからって黙っていられるか。火をつけるよう雛鶴をそそのかしたのはあいつだ。雛鶴が一体何をした？　花扇と花紫だって……あいつは、罪もない女の魂を弄《もてあそ》んだんだぞ」

瑠璃の殺気を感じ取り、男の後ろにいる童子が前に出る素振りを見せる。

「ああ、いいよ柚月《ゆづき》。大丈夫だ」

男が後ろに向かって軽く手を振ると、柚月と呼ばれた童子は一礼して素直に従った。手にしていた傘を開き、男に手渡す。

目を血走らせた瑠璃を見ても、男は余裕の笑い声を漏らしていた。

「どうしてそんなに怖い顔をしているのです？　あなた方も傀儡を、生き鬼を使うのでしょう」

「違うよっ。今は楢紅の力を少し借りてるだけだ、何も知らないくせにわかったようなこと言うな」

「傀儡は鬼の魂を、完全に消滅させちまう。お前らはそれを理解してんのか」

瑠璃の背後から、双子が口々に叫ぶ。

「もちろん、承知していますとも」

男は涼しげに言ってのけた。

「ご存知ですか？　生き鬼だけでなく、普通の鬼も飼いならすことができるんです。ただ後者は不完全で、傀儡にする際も血が残って汚らしいから、あまり好きではありませんが」

「じゃあ、あの犬鬼は……」

鳩飼いは、瑠璃たちをも脅かす力を持った犬鬼に目をつけ、連れ去った。退治するためではなく、傀儡にするために。

瑠璃たちの知らぬところで、鬼を無為に苦しめる所業が行われていたのだ。

瑠璃はうなるように声を絞った。

「犬鬼も雛鶴たちも、てめえのお人形にさせられたって言うのか？　そもそもなぜ四君子を狙う」

今にも飛びかかりそうな視線を向けられているにもかかわらず、男はどこ吹く風だ。

「吉原を代表する名妓は自尊心が高い。それを打ち崩した時、上等な怨念が生まれるんですよ。生き鬼にするにはもってこいの、怨毒がね」

花扇と花紫に関しては、間夫との関係をいじくって心に揺さぶりをかけ、生き鬼にしたのだと男は明かした。

「四君子の中でも、死の絶望に面し、浮世のすべてを呪う雛鶴の気は格別なものになるはずだった。なのに……」

やれやれといった風に肩をすくめる。

「あなた、雛鶴に何を言ったんです？　これじゃ瘴気が薄すぎる。せっかく瘡持ちの伝次郎を差し向けて、火つけのきっかけを作ったのに台なしだ」

黒雲の五人は束の間、言葉の意味を理解できずに沈黙した。不満そうにため息をつく男に、錠吉が問いかける。

「伝次郎を差し向けたとは、どういう意味だ」

「ああ、助言をしてみたんです。瘡毒に罹ったことを雛鶴に言ってごらん、通人として見なおされること請けあいだ、とね。瑠璃花魁が来るのもわかっていましたから、ついでに火事で焼け死んでもらえれば一石二鳥だと思ったのに、とんだ誤算ですよ」

黒雲の男たちの目に、凄まじい殺気が宿った。

錠吉が無言で錫杖を握りしめ、男に向かって駆けだす。

しかし、その時。

「放て」

合図を聞いて、すでに弓矢をかまえていた童子が頷く。

男の目前まで迫った錠吉の足元に、白い矢が射られる。刺さった地点から、泥のように黒い壁がせり上がってきた。思わず錠吉が飛びのいたのを確認すると、童子は続けざまに二本の矢を射る。

矢は瑠璃たちの後方に突き刺さったかと思うと、同様に壁が出現した。

三本の矢は黒雲の五人を囲むようにして、三角の結界を成していた。

錠吉が錫杖を掲げ、結界の破壊を試みる。だが、バチン、と激しい音が鳴り、錫杖は弾かれてしまった。

「ぐっ……」

「錠さん、それ以上は触るな。お内儀さんの言ってた、辟邪の武だ」

黒い結界は生き物のように蠢いている。濁りがひどく、向こう側に辛うじて鳩飼いたちの輪郭が見える程度だ。

内部に閉じこめられた五人を見て、鳩飼いの男はほくそ笑んでいるようだった。差した傘をくるくるとまわす。

「ちなみに、祟り堂の鬼を傀儡にせず放っておいたのは、こいつを送りこむためですよ」

足元にいる狛犬を顎で示す。

「それだけというのも退屈なので、鬼が恨んでいた職人の噂を流してみました。まさか刺し殺されるとは、思ってもみませんでしたが」

「ちょっと待て」

お喜久との会話が瑠璃の脳内に呼び起こされる。

若狭堂を陥れた職人の一人は、家移りをした先で近隣の者に刺殺されていた。

——若狭堂に起こったことと、まるで同じじゃないですか。

瑠璃は冷や水を浴びせられたような感覚に襲われた。

「これが不細工な上に図太い男でね、せっかくだから、若狭堂の者たちと同じ末路を辿ってもらうことにしたんですよ」

男が朗々と話して聞かせる物語に、黒雲の五人は皆、絶句して立ち尽くしていた。

「あなた方は随分と鬼に肩入れしているようだ。ですが哀れに思うくらいなら、きっかけになった者に罰を下す方が、よほど理にかなっているでしょう」

元凶は、野放しにしておけば必ずまた鬼を生む。黒雲の鬼退治は鬼にとっては後出しでしかなく、真の救済とは言いがたい。嗚飼いは祟り堂の鬼が遂げたかった報復、さらには次なる予防までしてみせたのだと、男は得意げに語った。

「別に、いつも鬼の願いを叶えてやるわけじゃありません。あなた方の目的が魂の救済ならば、こうしてはどうかと提案したかったまでで。こちらもそんなに暇じゃない」

瑠璃は沈黙していた。

「何せ我らが傀儡を使うのは効率のため。江戸には鬼を生む憎しみが毎日のように生まれているのですから。吉原に悠々と留まって仕事を選んでいるあなた方は、知る由もないでしょうが」

「選ぶだと？」

権三が語気を強める。男はさも不思議そうに首を傾げた。

「あなた方だっておかしいと思ったでしょう？　犬鬼の退治が依頼から漏れていたのは、本当に偶然なのか。実際は後まわしにされた結果なのでは？」

ざわざわと嫌な感覚が、瑠璃の胸中に染み渡っていく。

「質問を変えましょう。先代とは違い、あなた方は急拵えの組織。おまけに鬼退治の要となるその妖刀は唯一無二のものだ。さて、それでは先代は、どうやって鬼退治をしていたんでしょうか？」

雨が次第に強さを増し、瑠璃の体を冷たく濡らしていく。

「まさか、傀儡を使って……？　けどそれは手段の一つじゃ……」

男は首を振り、大仰なため息をついてみせる。

「おめでたい人だ、あなたは何も知らないのですね。なぜ妓楼である黒羽屋が、鬼退治なんて危険な裏稼業に手を染めているのか。誰から依頼をされているのか。そこにいる美しい傀儡は、何者なのか」

瑠璃は片眉を上げた。傍らに浮かんでいる楢紅を横目で見る。

「てめえは、それを知っているとでも」

「少なくとも、あなたよりは」

思いがけない話が男の口から飛び出して、双子は顔を見あわせている。

どこまでも人を食ったような態度に、瑠璃は奥歯を嚙みしめた。

「そうカッカせずに聞いてくださいよ。私がここに来たのは、四君子のお披露目をするためじゃない」

計画はご破算だ、と独り言ちて、男は腕組みをする。

しばらく黙った後、不満たっぷりと言わんばかりに嘆息すると、改めて瑠璃へ顔を向けた。

「私はね、楢紅が欲しいんです」

「楢紅を？　てめえ、四君子だけじゃ足らねえってのか」

「ええ、強い手札は多いに越したことはないでしょう？　楢紅を私にくだされば、手荒な真似はもうしないと誓いますよ」

握りしめた拳に、血が滲む。

怒りが迸《ほとばし》る心をやっとのことで抑え、瑠璃は冷たく鼻を鳴らした。

「お生憎さま、楢紅はわっちと特殊な主従関係を結んでいるんだ。他の誰にも扱えねえよ」

男からは、たじろぐような素振りは見受けられない。が、これまでの余裕に満ちた雰囲気からは、少し変わったように瑠璃は感じ取った。

「……血の契約は、本当に厄介だ。だから、できれば穏便に渡してもらいたい。楢紅の特別な力はあなたには荷が重いだろうと、親切心から申しているのです」

「何が親切心だ、顔を隠すような腰抜けが、口ばかりのことを。身勝手な理由で傀儡を作るような輩に、楢紅をやってなるものか。雛鶴は希望を見出していたんだ。せっかく生きようとしていたのに、鬼にするなんて……それでもてめえは血が通った人か、この外道《げどう》」

相手の流れに乗せられてしまうとわかっていても、男の挑発するような礼儀正しさに怒りは募るばかりだった。

男は怒声を浴びながらも泰然とかまえている。

「おやおや、龍神の生まれ変わりである方に、血が云々と言われるとは。そんなに雛鶴を気に入っていたとは意外です。まあ、去年亡くなった津笠さんのことを思えば、熱くなるのも納得ですが」

白布の向こうに、下卑《げび》た笑みが浮かんだ気がした。

傘を打つ雨音が、寒々しく鼓膜を貫く。

「頭の正体も当然、知ってるってわけか」

権三が瑠璃をうかがいつつ言う。津笠の名が出されたことで、瑠璃が怒りに我を失ってしまうのではと、焦り始めていた。

「実は昨年の白無垢道中を私も拝見しておりまして、そこで瑠璃花魁が黒雲の頭領だと確信したんです。そりゃあ驚きましたよ。まさか龍神の宿世だなんて思ってもみませんでしたから。一生の不覚、そのなまくらにも龍神が封じられていたと気づけず、こん……」

「黙れ」

瑠璃は押し殺すようにうなり、飛雷の鞘を固く握りしめた。

「ほう。私を斬り捨てたい、といったところでしょうか」

男は雛鶴の名を呼んだ。

雛鶴がすっと宙を滑り、男の前に移動する。両腕を広げたその姿は、さながら優美な蝶のようであった。

男を守らんとする友を見て、瑠璃は沈痛な表情を浮かべた。

「……お前なんぞ、飛雷の錆落としにする値《あたい》もない。それにこの刀は、人を斬るためにあるんじゃねえんだ」

男の声がせせら笑うように揺れた。

「それはそれは、まるで自分は善人だとでもおっしゃりたいような口ぶり。そんな綺麗ごとを言っているようでは、鬼と向きあうのはさぞ大変でしょう。しかしもったいないことだ、あなたが大好きな津笠さんも、生き鬼にしてしまえば上等な手駒になったろうに」

瑠璃の瞳が大きく揺らいだ。

瞬間、体は重なる激情に耐えきれず駆けだす。飛雷の黒刃が夜闇に一閃《いっせん》する。

泥の結界が砕け散った。さらに風を切る音がして、錠吉たちは息を呑んだ。

瑠璃が斬ったのは、男の白布だった。

「どこまでもぬるい女だ」

男が発した声の変化に、瑠璃は瞠目した。

「いい加減その正義ぶった面も見るに堪えん。今ので喉をかっ斬れば、終いだったのによ」

白布が、はらりと地に落ちた。

「惣之丞……」

瑠璃の眼前には、均整のとれた顔立ちの女形が、毒々しい笑みを浮かべていた。

容赦なく強まる雨が、地面をぐずぐずと緩ませる。激しく空気を打ち震わす雷鳴は、瑠璃の声を冷然と掻き消していった。

解説

白川紺子（作家）

華やかさの華という字には、光という意味もあるのをご存じでしょうか。
この物語を読むとき、わたしはいつも華やかさと哀しみ、光と陰といったものを思います。

タイトルは『Cocoon』、装画は刀を携《たずさ》えた花魁《おいらん》――という斬新な表紙、さらに花魁の鬼退治というこれまた斬新な設定ですので、文章もポップでアクの強いものかと、読む前には少々身構えておりました。ですが、一巻を読んだかたはおわかりでしようが、その幕開けはしっとりとした男女の場面からはじまります。堅すぎずやわらかすぎない、落ち着いた語り口がとても読みやすく、特殊な設定にもかかわらず、入り込みやすい物語になっています。

時は天明、舞台の中心となるのは吉原。天明といえば、授業で習った天明の飢饉《ききん》が思い浮かぶかたも多いと思います。天明のころはどうも異常気象がつづいたようで、そこに浅間山の噴火なども重なり、全国的な大飢饉となりました。ことに東北地方の被害がひどく、仙台藩ではおよそ三十万人の餓死者が出たそうです。当然ながら、世情不安が高まっているころです。

そうした時代背景のなか、江戸の町で跋扈《ばっこ》する鬼たちを退治するのが暗躍組織「黒雲」。その頭領が美貌の花魁、瑠璃——この物語の主人公です。

もう、この時点でわくわくします。

どうも戦う強い少女というのは、古《いにしえ》からひとを魅了するもののようです。わたしの好きな話に、中国六朝時代の志怪小説『捜神記』のなかの一篇、人食い大蛇を倒す話があるのですが、大蛇を倒すのは少女です。化け物を倒すのは勇者というのが相場であるなか、少女がひとふりの剣と一匹の犬のみを供に化け物を倒す（しかも吐く台詞《せりふ》がかっこいい）、魅力的な一篇です。少女と化け物退治という、一見むすびつかないものをむすびつける意外性に惹《ひ》かれるのでしょうか。

この物語でも、花魁と鬼退治という、むすびつかなそうなふたつを組み合わせることで、とてつもない魅力が生まれています。そのうえ、瑠璃はめっぽう強い。いずれも理由のあることですが、身体能力が高く、治癒力も異常に高い。さらに鬼を浄化できる妖刀は、瑠璃にしか扱えません。設定のひとつひとつがもう、非常にツボを押さえていて、見事です。

いっぽうで、花魁としての瑠璃は、江戸一とも言われる美貌の持ち主。つまり強さと美しさを兼ね備えた、最強のヒロインです。

花魁として着飾る瑠璃の描写もわたしは好きなところで、細かく描かれる装束を思い浮かべるのも楽しみのひとつです。

一巻の要所で描かれるのが花魁道中で、いずれの道中も華やかな、あるいは心に残る、好きなシーンです。道中における八文字は島原が内八文字、吉原が外八文字だそうで（三田村鳶魚「太夫道中の見物」より）、ようは足を外から内に回し込むか、内から外に踏み開くかで、外八文字だと足をパッと外に向けますから、裾《すそ》が割れて、緋《ひ》縮緬《ちりめん》を翻して白い脚がちらりとのぞくことになるようです。想像するだに目に鮮やかで、清々しい艶《えん》があり、瑠璃にふさわしい姿だと思えます。

花魁姿の瑠璃も華やかで美しいのですが、刀を手に戦う姿はひときわ鮮やか。毎度、クライマックスシーンは圧巻です。

そんな華やかさとは対照的に、鬼の背景はつねに哀しく、胸がふさがります。やりきれないのは、鬼になるのが、やさしく、あるいは真面目で、傷ついて苦しむだけのまっとうな心を持ったひとたちばかりだからです。そんな心を持たないひとたちは、鬼になることはないのです。生きているあいだ苦しめられ、裏切られ、踏みにじられて、死んで鬼になっても報われない。一巻の津笠にしろ、二巻での錺職人《かざり》にしろ、どうしてこんなひとたちが苦しまなくてはならないのだろう、とため息をつきたくなります。

瑠璃自身も強さと弱さを併せ持ち、葛藤があり、深く傷つきもします。蒼流の生まれ変わりでありながら、心の臓に邪龍・飛雷を宿すというところにも、瑠璃の立ち位置が表れているように思います。瑠璃は、けして光の側に立って鬼を一方的に葬《ほうむ》り去る正義のヒーローではない、ということです。立っているのは狭間です。どちらかといえば瑠璃は闇のなかにあり、もがきながら光を目指す少女にわたしには思えます。瑠璃が身を置く吉原も同様で、花魁は一見華々しく映りますが、苦界であることには変わりありません。

二巻では、花柳病ともいわれる瘡毒という病気が出てきます。今で言う梅毒です。過去の病気と思われるかもしれませんが、なんと現代において年々増加している性病です。若いひとのあいだでも流行しており、けして過去の病気でもなければ、遠い世界の病気でもありません。この病気の恐ろしさは、作中にあるとおりです。避妊具も治療薬もある現代においてすら蔓延《まんえん》しているのですから、江戸時代の遊女がどれだけこの病に苦しんだかというのは想像に難くありません。

二巻のなかで、瘡毒で死んだ遊女の骸が夜更けにひっそりと運びだされる様子が書かれていますが、骸は寺に投げ込まれ、供養もされません。《今日もまた、誰か死んだんだな》と瑠璃が胸のうちでつぶやくその、《今日もまた》という何気ない言葉に、ぞっとします。

こういった「暗」の部分が、この物語に深い陰影をつけて、吸引力のひとつとなっているのだと思います。この陰影は、巻が進むにつれていっそう濃さと深さを増してゆきます。わたしは、そこがこの物語の最も好きな部分です。

また今巻では、吉原で遊女となる前、椿座にいたころの瑠璃がなにをしていたかについても明かされます。

天明年間は、團十郎でいえば五代目のころで、しかしながら飢饉などのあおりを受けて芝居も経営不振、市川座は休座に追い込まれる時期があったころでもあります。

もちろん、そんななかでも興行をつづけていた座、人気を博した演目もありました。

実はわたしは大学時代、ゼミが近世文芸で、卒業論文では歌舞伎を扱ったものですから、物語に役者が登場するというのもうれしい点でした。この物語自体が歌舞伎のようだとも思います。設定の華、瑠璃という際立った主人公、見せかたを心得た描写、読んでいると頭のなかにあふれる豊かな色彩、等々……。歌舞伎はつねに新しいものを生み出して、流行の最先端を行かねばならない芸ですから、この物語に『Cocoon』と名付けた作者のセンスにも、その息吹を感じます。

ところで、わたしがこの物語でいちばん好きな登場人物がこの巻でお目見えするのですが、本格的に出張ってくるのは三巻以降なので、今この場で言及できないのが非常に残念です。この人物が前面に出てくることで、物語も怒濤《どとう》の展開を見せます。完結篇である五巻まで、ぜひとも読んでいただきたく思います。……などとわたしがすすめずとも、二巻のラストを読んだかたは、「えっ⁉」と驚いて三巻を読まずにはいられないだろうと思いますが、どうぞ瑠璃たちの行く末を見届けてください。

本書は、二〇一九年十一月に小社より単行本として刊行されました。

|著者|夏原エヰジ　1991年千葉県生まれ。上智大学法学部卒業。石川県在住。2017年に第13回小説現代長編新人賞奨励賞を受賞した『Cocoon－修羅の目覚め－』でいきなりシリーズ化が決定。その後、『Cocoon2－蠱惑の焔－』（本書）『Cocoon3－幽世の祈り－』『Cocoon4－宿縁の大樹－』『Cocoon5－瑠璃の浄土－』と次々に刊行し、人気を博している。

Cocoon2《コクーン》　蠱惑《こわく》の焔《ほむら》

夏原《なつばら》エヰジ

講談社文庫

定価はカバーに
表示してあります

2020年11月13日第1刷発行

発行者──渡瀬昌彦
発行所──株式会社　講談社
東京都文京区音羽2-12-21　〒112-8001
電話　出版（03）5395-3510
　　　販売（03）5395-5817
　　　業務（03）5395-3615

Printed in Japan

デザイン─菊地信義
本文データ制作─講談社デジタル製作
印刷───中央精版印刷株式会社
製本───中央精版印刷株式会社

ISBN978-4-06-521609-5

講談社文庫刊行の辞

二十一世紀の到来を目睫に望みながら、われわれはいま、人類史上かつて例を見ない巨大な転換期をむかえようとしている。

世界も、日本も、激動の予兆に対する期待とおののきを内に蔵して、未知の時代に歩み入ろうとしている。このときにあたり、創業の人野間清治の「ナショナル・エデュケイター」への志を現代に甦らせようと意図して、われわれはここに古今の文芸作品はいうまでもなく、ひろく人文・社会・自然の諸科学から東西の名著を網羅する、新しい綜合文庫の発刊を決意した。

激動の転換期はまた断絶の時代である。われわれは戦後二十五年間の出版文化のありかたへの深い反省をこめて、この断絶の時代にあえて人間的な持続を求めようとする。いたずらに浮薄な商業主義のあだ花を追い求めることなく、長期にわたって良書に生命をあたえようとつとめるところにしか、今後の出版文化の真の繁栄はあり得ないと信じるからである。

同時にわれわれはこの綜合文庫の刊行を通じて、人文・社会・自然の諸科学が、結局人間の学にほかならないことを立証しようと願っている。かつて知識とは、「汝自身を知る」ことにつきていた。現代社会の瑣末な情報の氾濫のなかから、力強い知識の源泉を掘り起し、技術文明のただなかに、生きた人間の姿を復活させること。それこそわれわれの切なる希求である。

われわれは権威に盲従せず、俗流に媚びることなく、渾然一体となって日本の「草の根」をかたちづくる若く新しい世代の人々に、心をこめてこの新しい綜合文庫をおくり届けたい。それは知識の泉であるとともに感受性のふるさとであり、もっとも有機的に組織され、社会に開かれた万人のための大学をめざしている。大方の支援と協力を衷心より切望してやまない。

一九七一年七月

野間省一

講談社文庫 最新刊

浅田次郎　おもかげ

定年の日に地下鉄で倒れた男に訪れた、特別な時間。究極の愛を描く浅田次郎の新たな代表作。

神永　学　悪魔と呼ばれた男

「心霊探偵八雲」シリーズの神永学による予測不能の本格警察ミステリ——開幕！

濱　嘉之　院内刑事《デカ》　ザ・パンデミック

「絶対に医療崩壊はさせない！」元警視庁公安・廣瀬知剛は新型コロナとどう戦うのか？

堂場瞬一　ネタ元

五つの時代を舞台に、特ダネを追う新聞記者たちの姿を描く、リアリティ抜群の短編集！

橘　もも　原作：ヤマシタトモコ　脚本：相沢友子　さんかく窓の外側は夜〈映画版ノベライズ〉

霊が「視《み》える」三角《みかど》と「祓《はら》える」冷川《ひやかわ》。二人の〝運命〟の出会いはある事件に繋がっていく。

東山彰良　女の子のことばかり考えていたら、1年が経っていた。

女性との恋愛のことで頭が満ちすぎている男たちの哀しくも笑わされる青春ストーリー。

麻見和史　凪《なぎ》の残響〈警視庁殺人分析班〉

切断された四本の指、警察への異様な音声メッセージ。予測不可能な犯人の狙いを暴け！

夏原エキジ　Cocoon2〈蠱惑の焰〉

羽化する鬼、犬の歯を持つ鬼、そして〝生き鬼〟。瑠璃《るり》の前に新たな敵が立ち塞がる！

久坂部　羊　祝葬

人生100年時代、いい死に時とはいつなのか？　現役医師が「超高齢化社会」を描く！

講談社文芸文庫

笙野頼子

海獣・呼ぶ植物・夢の死体

初期幻視小説集

解説=菅野昭正　年譜=山﨑眞紀子

体と心の「痛み」と向き合う日々が見せたこの世ならぬものたちを、透明感あふれる筆致で描き出した初期作品五篇。現在から当時を見つめる書下ろし「記憶カメラ」併録。

978-4-06-521790-0

しL4

笙野頼子

猫道

単身転々小説集

解説=平田俊子　年譜=山﨑眞紀子

自らの住まいへの違和感から引っ越しを繰り返すうちに猫たちと運命的に出会い、彼らと安全に暮らせる空間が「居場所」に。笙野文学の確かな足跡を示す作品集。

978-4-06-290341-7

しL3

講談社文庫　目録

新田次郎 新装版 鷲ヶ峰物語
日本文芸家協会編 愛 染 夢 灯 籠〈時代小説傑作選〉
日本推理作家協会編 犯人たちの部屋〈ミステリー傑作選〉
日本推理作家協会編 隠 さ れ た 鍵〈ミステリー傑作選〉
日本推理作家協会編 Play《プレイ》 推理遊戯〈ミステリー傑作選〉
日本推理作家協会編 Doubt《ダウト》 きりのない疑惑〈ミステリー傑作選〉
日本推理作家協会編 Bluff《ブラフ》 騙し合いの夜〈ミステリー傑作選〉
日本推理作家協会編 Symphony《シンフォニー》 漆黒の交響曲〈ミステリー傑作選〉
日本推理作家協会編 Esprit《エスプリ》 機知と企みの競演〈ミステリー傑作選〉
日本推理作家協会編 Life《ライフ》 人生、すなわち謎〈ミステリー傑作選〉
日本推理作家協会編 Love《ラブ》 恋、すなわち罠〈ミステリー傑作選〉
日本推理作家協会編 Propose《プロポーズ》 告白は突然に〈ミステリー傑作選〉
日本推理作家協会編 Acrobatic《アクロバティック》 物語の曲芸師たち〈ミステリー傑作選〉
日本推理作家協会編 謎 0 1 0〈大沢在昌選 スペシャル・ブレンド・ミステリー〉
日本推理作家協会編 ベスト8ミステリーズ2015
日本推理作家協会編 ベスト6ミステリーズ2016
二階堂黎人 ラ ン 迷 宮〈二階堂蘭子探偵集〉
二階堂黎人 増加博士の事件簿
新美敬子 猫のハローワーク

西澤保彦 新装版 七回死んだ男
西澤保彦 人格転移の殺人
西澤保彦 麦酒《ばくしゅ》の家の冒険
西澤保彦 新装版 瞬間移動死体
西村 健 ビ ン ゴ
西村 健 地の底のヤマ(上)(下)
西村 健 光陰の刃《やいば》(上)(下)
楡 周平 青 狼 記(上)(下)
楡 周平 陪 審 法 廷
楡 周平 宿 命(上)(下)〈ワンス・アポン・ア・タイム・イン・東京〉
楡 周平 血 戦〈ワンス・アポン・ア・タイム・イン・東京2〉
楡 周平 修羅の宴(上)(下)
楡 周平 レイク・クローバー(上)(下)
西尾維新 クビキリサイクル〈青色サヴァンと戯言遣い〉
西尾維新 クビシメロマンチスト〈人間失格・零崎人識〉
西尾維新 クビツリハイスクール〈戯言遣いの弟子〉
西尾維新 サイコロジカル(上)〈兎吊木垓輔の戯言殺し〉/(下)〈曳かれ者の小唄〉
西尾維新 ヒトクイマジカル〈殺戮奇術の匂宮兄妹〉
西尾維新 ネコソギラジカル(上)〈十三階段〉

西尾維新 ネコソギラジカル(中)〈赤き征裁 VS.橙なる種〉
西尾維新 ネコソギラジカル(下)〈青色サヴァンと戯言遣い〉
西尾維新 ダブルダウン勘繰郎《かんぐろう》 トリプルプレイ助悪郎《スケアクロウ》
西尾維新 零崎双識の人間試験
西尾維新 零崎《ぜろざき》軋識《きししき》の人間ノック
西尾維新 零崎曲識の人間人間
西尾維新 零崎人識の人間関係 匂宮出夢との関係
西尾維新 零崎人識の人間関係 無桐伊織との関係
西尾維新 零崎人識の人間関係 零崎双識との関係
西尾維新 零崎人識の人間関係 戯言遣いとの関係
西尾維新 xxxHOLiC アナザーホリック ランドルト環《かん》エアロゾル
西尾維新 難 民 探 偵
西尾維新 少 女 不 十 分
西尾維新 本 題〈西尾維新対談集〉
西尾維新 掟上今日子《おきてがみきょうこ》の備忘録
西尾維新 掟上今日子の推薦文
西尾維新 掟上今日子の挑戦状
西尾維新 掟上今日子の遺言書
西尾維新 掟上今日子の退職願

講談社文庫　目録

2020年9月15日現在